微妙

LA DÉLICATESSE

〔法〕大卫·冯金诺斯——著　王东亮 吕如羽——译　　上海译文出版社

哪怕这个世界的每时每刻，都脱离时间的轨道来

给我一吻，我也不会与之言归于好。

齐奥朗

1

娜塔莉可以说是个矜持(某种瑞士女人的气质)的女孩。她循规蹈矩,一路顺利度过了青春期。二十岁时,她对未来满怀憧憬。她喜欢笑,喜欢读书,但这两种爱好很少能够同时得到满足,因为她偏爱忧伤的故事。文科在她看来不够实际,因此她决心学习经济。她虽然看上去总有些神情迷惘,做起事来却很少马马虎虎。她会一连好几个小时都在观察爱沙尼亚的国民生产总值变化曲线,脸上却同时挂着某种奇异的微笑。步入成年之后,她有时会去想想自己的童年。那是拼接起来的几个幸福时光片段,永远都是那几个片段:她在沙滩上奔跑,她登上一架飞机,她睡在父亲怀里。但是她没有任何怀旧的感受,从来没有。这对于一个叫娜塔莉的女人来说是很少见的①。

2

大部分的情侣都热衷于给自己的恋爱故事添油加醋,认为彼此之间的初次相逢定有非同寻常之处,于是每天都在发生的那些数不胜数普普通通的邂逅就变得多姿多彩,令人神往。这也难怪,凡事都讲究个来头。

娜塔莉和弗朗索瓦是在街上相遇的。男人搭讪女人的时候总是十分微妙的。女人一定会想:"他不会整天都在做这件事吧?"男人却常常说这是第一次。照男人们说来,他们这是如获神助,不期而至,一举冲破了一贯的腼腆羞涩。女人则不假思索地回答说:"对不起,没时间。"娜塔莉这次也没有例外。可这太

①名叫娜塔莉的女子常有某种明显的怀旧倾向。——原注

蠢了：她没有什么事要做的，而且很开心被这样搭讪。还从来没有哪个男人有这个胆量。她曾多次问自己：我是看上去太爱赌气，还是看上去太懒呢？她的一位女友和她说过："不会有人在街上跟你搭讪的，因为你走路的样子看起来像是个赶时间的女人。"

当一个男人上前搭讪陌生女子的时候，总是为了说些好听的话。难道会有某个不怕死的男人，在搭讪女人的时候这样对她当头棒喝："您怎么会穿这双鞋？您的脚趾简直像是被关在集中营里一样。太丢人了，您成了自己一双脚的暴君！"谁会这么说话呢？反正弗朗索瓦不会，他乖乖站到了讲恭维话的行列里。他此刻正千方百计想弄明白自己究竟遭遇了怎样的心动迷惑。他为什么上前拦住了娜塔莉呢？主要是因为她的行走方式，令他感觉耳目一新，孩子般无拘无束，却又挥洒自如。她身上散发着一种让人心动的自然自在，一种举手投足之间流露的优雅气韵。他想：她就是我想带到日内瓦和我一起过周末的那种女人。于是，他鼓足勇气——这一刻他简直想要拥有双倍的勇气——走近娜塔莉。更何况,对于他来说,这真的是第一次。于是,在此时此地,在这条人行道上,他们就相遇了。说起来,这是一个绝对老套的故事开篇,但却让人猜得到开头,猜不到结尾。

　　他结结巴巴地开口说出了几个词,然后突然间变得口才流利、条理清晰。在有些悲怆却十足感人的绝望的力量推动下,他滔滔不绝地说了起来。这正是矛盾的魔力所在:情况如此尴尬,他却反而应对自如。三十秒之后,他甚至让她露出笑容,这打破了他们之间的陌生感。她同意一起喝杯咖啡,于是他明白了,她并不赶时间。能和刚进入自己视野的女子这样共度一段时光,他对此暗暗称奇。他以前总是喜欢观察路上的女人。他甚至记得,自己也曾痴情少年般尾随那些大家闺秀直到她们的家门。坐地铁的时候,他有时会换个车厢,好靠近在远处注意到的某个女乘客。虽然摆脱不掉情色诱惑,他骨子里依然是个有着浪漫情怀的男人,心目中总有一个理想女性的存在。

他问她想喝点什么。她的选择会是决定性的。他想：她要是点低因咖啡，我就起身离开。在这种约会中可无权喝低因咖啡。那是最不合群的饮料了。一杯茶的话，也好不到哪里去。才刚见面，就已经被慵散的小家子氛围包裹起来，感觉好像以后每个周日午后都要用来看电视似的。或者更糟：在岳父母家看电视。是的，茶毫无疑问就代表着岳父母家的气氛。还有什么呢？酒？不行，这时间喝酒可不好。一个一上来就喝酒的女人会让人害怕，就算是一杯红酒也不可以。弗朗索瓦继续等待她的选择，同时也接着进行他关于女性第一印象的饮料学分析。现在还剩下什么？可乐，或者所有其他类型的苏打水……不行，不可能，一点女人味都没有，那样的话，还不如干脆再要根吸管呢！但愿她明白这一点。最后，他想，来杯果汁应该不错。没错，果汁讨人喜欢，又挺合群，还不会太咄咄逼人，让人感觉这是个温和、平静的女生。但哪种果汁呢？最好避开那些太传统的口味：别点苹果汁或者橙汁，太常见了。要有一点点特别，不过也不能太古怪。木瓜汁和番石榴汁，太吓人了。不，最好选个介于两者之间的，像是杏汁。没错,就是它了。杏汁,这好极了。如果她选择杏汁,我就娶她,弗朗索瓦心想。就在这一刻,娜塔莉从饮品单上抬起头,像是经过了一段漫长的思考,而思考的内容和对面的陌生男人一模一样。

"我想来杯果汁……"

"……"

"就来杯杏汁吧。"

他盯着她看,仿佛幻想闯进了现实。

她之所以接受和这个陌生男人坐到一起,是因为被他的魅力所吸引。很快,她就喜欢上了这个笨拙和自信的结合体,那是一种游移在皮埃尔·理查德和马龙·白兰度之间的男人范。在外表上,他具备她所欣赏的某种男性特质:轻微的斜视。非常轻微,但却显而易见。的确,在他身上发现这个细节令她感到意外。并且,他叫弗朗索瓦。她一直都喜欢这个名字,既优雅又稳重,符合她对五十年代的想象。此刻,他正说着话,神情越来越自如。在他们之间,没有冷场,没有尴尬,也没有压力。才过了十分钟,街头初识的场景已被淡忘。他们感觉彼此早已相识,今天是赴约见面。这是一种出乎意料的简单自然。这种简单自然使之前所有其他约会都显得狼狈不堪,在那样的约会中,要提醒自己注意一定要说些什么,努力做到风趣幽默,还要让自己显得绅士淑女。而眼下,他们几乎要为彼此那份心照不宣、那份自然契合笑出声来。娜塔莉眼前的这个男人慢慢变得亲切了起来,陌生的元素从他身上渐渐消失。她试着回想,刚才在邂逅他之前自己要往哪里去,但记忆已经模糊。她并不是那种漫无目的地闲逛的人。她难道不是刚读过科塔萨尔的小说,正想沿着书里的线路行走吗?此时,文学就在那里,在他们之间。是的,就是这样,她刚刚读过《跳房子》,并且特别喜欢书里主人公们循着一位流浪汉指示的路线,试图在街上相遇的那些场景。每天晚上,他们都在一张地图上温习他们走过的路线,看一下他们本可以在何时相遇,又在何时擦肩而过。她回想起两人邂逅前她打算去的地方:小说里。

3

娜塔莉最喜欢的三本书

阿尔伯特·科恩的《魂断日内瓦》

*

玛格丽特·杜拉斯的《情人》

*

丹·弗兰克的《分居》

4

弗朗索瓦从事金融行业。只要跟他待在一起五分钟,就会发现这工作与他格格不入,就像商科志向与娜塔莉格格不入一样。也许是现实太霸道了,专门与人们真正的志向作对。不过话说回来,也很难想象弗朗索瓦去做别的工作。虽然在遇见娜塔莉的时候,我们看到他表现得近乎腼腆,但其实他是个朝气蓬勃、思维活跃、精力旺盛的男人。像他这样热情洋溢,从事哪一行都没有问题,哪怕是做个西装革履的代理商也不在话下。我们完全可以想象这个男人拉着行李箱,一边与人握手搭肩,一边期盼着发生个把艳遇。他拥有那种令人生羡的魅力,似乎能将任何东西都推销出去。跟他在一起,我们在夏天也会去滑雪,在冰岛的湖里也能游泳。他这种男人除非不在街上搭讪女人,一搭讪准能得手。他仿佛做什么都顺风顺水。那么,从事金融业又有什么不可以?他是那类初出茅庐的交易员,单凭玩大富翁游戏的经验就操控着几百万的进出。可是,只要一离开银行,他就像变了个人,巴黎证券交易所的指数被抛在了办公楼里。他的职业并没有阻碍他发展自己的爱好。他最爱玩的是拼图。这看起来有些奇怪,但只有在星期六拼上个几千片拼图,他澎湃的激情才能得以宣泄。娜塔莉喜欢看她的未婚夫蹲在客厅里,上演一场无声的戏剧。突然,他会起身喊道:"好嘞! 大功告成!"对了,还有最后一件事要交代一下。他不喜欢逐渐过渡,他喜欢大起大落,大开大合,从默默无声到一鸣惊人。

　　和弗朗索瓦在一起,时间过得颠三倒四。我们甚至会觉得,他能够跳过某些日子,创造出没有星期四的古怪星期。他们才刚刚邂逅,转眼就已经在庆祝两周年纪念日。这风调雨顺的两年足以让那些吵架度日的情侣们无地自容。人们看他们的眼神充满着对冠军的仰慕,他们是爱情锦标赛的黄衫领跑人。娜塔莉一边成绩优异地继续着她的学业,一边也试着打零工减轻弗朗索瓦的日常负担。跟一个稍稍比她年长并且已经工作了的男人在一起,使她有条件可以从家里搬出来住。但她并不愿意靠弗朗索瓦养活,她决定每周都在一家剧院做几个晚上引座员。她很高兴能有这份工作,可以调节一下大学里稍显规矩的生活气氛。观众入座之后,她就在剧场后方坐下,观赏已经记得烂熟的剧情。每有女演员张口说话,她都跟着默念台词。在掌声响起时她向观众们问好,之后就卖节目单给他们。

娜塔莉熟悉上演的每一部剧,平时她会经常念叨剧中的对白自娱自乐,会跨着大步在客厅里走来走去,学着猫叫说小猫死了。最近几个晚上,她学演的是缪塞的《罗伦扎西欧》,她东一句西一句地嚷出一些毫不连贯的对白。"来这儿,匈牙利人说得有道理。"或者:"谁在那烂泥浆里? 谁在我的宫殿城墙边徘徊,叫声如此可怕?"这天,正是这些台词传到弗朗索瓦耳中,而当时他正努力集中精力拼图:

　　"你可以小点声吗?"他问。

　　"好的,没问题。"

　　"我正在拼一个非常重要的拼图。"

　　于是,娜塔莉变得悄声无息起来,生怕打扰她专心致志的未婚夫。这个拼图看起来和其他的都不一样,上面没有图案,没有城堡,也没有人物。拼图的白底衬托着一些红环,看上去是些字母。这是条用拼图拼成的文字信息。娜塔莉放下她刚打开的书,观察拼图的进展。弗朗索瓦时不时转头看她。揭示谜底的时刻即将到来。只剩下几片拼图了,娜塔莉已经猜到了谜底是什么,这是一条由几百片拼图精心拼凑而成的文字信息。是的,她现在已经能够读出上面写的字了:"你愿意嫁给我吗?"

5

二〇〇八年十一月二十七日于明斯克举办的世界拼图锦标赛前三名

乌尔里希·沃伊特(德国):一千四百六十四分

梅米特·穆拉特·赛维姆(土耳其):一千二百六十六分

罗杰·巴肯(美国):一千二百四十一分

6

两人对彼此的爱意与日俱增,婚礼也举办得顺顺当当。这是一场简单而又温馨的婚礼,既不过分铺张,也不显得寒酸。每一位宾客都分到一瓶香槟酒,这个安排十分贴心。当晚的气氛非常愉快。婚礼就应该喜气洋洋,远胜于生日会。喜庆的义务也是分等级的,婚礼就是最该欢天喜地的场合。应该有微笑,应该有舞蹈,还应该在稍晚的时候催促老人们去睡觉。婚礼上的娜塔莉有多美丽,这是不能不说的,她可是为自己的亮相精心作了一番准备。几个星期以来,她都循序渐进地控制体重,保养气色,各项准备恰到好处。婚礼当天,她光彩照人,气质非凡。必须要把这个独一无二的时刻铭记下来,就像阿姆斯特朗把美国国旗牢牢插在月球上一样。弗朗索瓦深情款款地注视着她,将这一时刻比任何人都更深地烙在了记忆里。他的妻子站在他的面前,他知道,在他离开人世时,脑海里闪现的将是这幅画面。为此,他幸福莫名。这时候,娜塔莉起身拿起麦克风,唱了一首披头士的歌①。弗朗索瓦是约翰·列侬的狂热歌迷,为了向偶像致敬,他这天还特意穿了一套白色西装。于是,当这对新人跳舞的时候,两人身着的白色相互交融,浑然

_____

① *Here, There and Everywhere*(一九六六年)。——原注

一体。

　　不巧的是,天开始下雨了。这下,宾客们呼吸不了户外的新鲜空气,也看不到天上的星星了。这样的时候,人们总爱说些可笑的吉利话,比方说现在,他们就会说:"婚礼下雨,爱河永浴。"为什么人们总免不了要说这一类荒谬的谚语呢? 当然,这没什么要紧的。天下着雨,有一点儿伤感,仅此而已。室外的活动取消之后,晚宴的规模缩小了。看着雨越下越大,大家很快开始烦闷起来。有些人比预计时间提早离开。另一些人继续跳舞,即使是下了雪,这些人也会照样跳下去的。还有一些人仍在犹豫。可是,对新人来说,这些事真的那么要紧吗? 幸福的时候,即使置身人群之中,也感觉不到别人的存在。是的,在音乐旋律和华尔兹舞的漩涡中,只有他们两人。他在说,让我们一直旋转下去,越久越好,旋转到辨不清南北。而她此时什么也不再去想,平生第一次尽情地体验充盈无限却又独一无二的生命的当下时刻。

弗朗索瓦揽着娜塔莉的腰,将她带到室外。他们奔跑着穿过花园。娜塔莉对他说"你疯了",但这疯狂却让她欣喜若狂。他们全身湿透,躲到了树丛里。在这个下着雨的夜晚,他们甚至直接躺在了泥泞的土地上。他们身上的白衣眼下只是一个回忆。弗朗索瓦掀起妻子的婚纱,坦白说从婚宴一开始他就想这么做了。他甚至想在教堂里就这么做,因为在互相许诺了"我愿意"之后,这是最直接的庆祝方式。他按捺住了自己的欲望,直到此时此刻。娜塔莉对他的热切感到惊讶。她的脑子已经有好一阵一直处在空白状态了。她跟随着丈夫的节奏,努力均匀地呼吸,努力不让自己被这场狂风暴雨卷走。她的欲望也被弗朗索瓦点燃。她是多么渴望在此时此刻,在他们作为夫妻的第一夜被他占有。她等待着,等待着。此刻的弗朗索瓦动作激烈,亢奋不已,激情难耐。可是,在进入的那一刻,弗朗索瓦突然感到自己无法动弹。会不会是因为担心幸福来得过于强烈而产生了某种焦虑,不,不是的,是其他的事情,其他的事情在这一刻阻碍了他,使他无法继续。"怎么了?"她问他。他回答道:"没什么……没什么……只不过,这是我第一次跟已婚女人做爱。"

7

人们老爱挂在嘴边的一些可笑谚语

塞翁失马,焉知非福。

*

低调行事,幸福一生。

*

女子爱笑,投怀送抱。

8

　　他们去度了蜜月,拍了些照片,然后回来了。现在,要开始踏踏实实过日子了。娜塔莉毕业已经六个多月了。她一直拿准备婚礼当借口,拖着不去找工作。筹备一场婚礼,就好像在战后组建一个政府,光是如何处理那些通敌分子就够让人头疼的了。要说这些林林总总的麻烦事占据了她的所有时间,也确实是合情合理。但事实并不完全是这样。其实,她只是希望能够把时间留给自己,去阅读,去闲逛,就好像她早就知道,之后她再也不会有这些空余时间,她将会忙于工作,忙于扮演妻子的角色。

是时候去参加些面试了。试了几次之后她才明白,找工作可没那么简单。正常的生活难道就是这样的吗?她可是觉得自己毕业于名校,也有过几次像样的实习经历,她的这些实习可不只是端杯咖啡、复印个文件就混过去的。这次,她参加的是一家瑞典公司的工作面试。让她惊讶的是,面试她的是老板本人,而不是人力资源总监。在招聘员工这件事上,老板想要亲自把关,这是他的官方说法。真相自然没有那么冠冕堂皇:经过人力资源部办公室的时候,他看到了娜塔莉简历上的照片。那是张相当奇特的照片:我们无法对她的外表作出确切的评价。当然了,她长得很漂亮,但并不是这一点吸引了老板的目光,而是别的什么东西,可他又说不清楚具体是什么东西,这更像是一种感觉:聪慧。是了,这就是他的感觉。他觉得这个女人看起来十分聪慧。

　　夏尔·德拉曼不是瑞典人。但只要踏进他的办公室,你就会忍不住琢磨,他是否踌躇满志想要当个瑞典人,当然是为了讨好他的瑞典股东们。在一件宜家家具上摆着一个盘子,里面装着几块那种会掉屑的小面包。

　　"我对您的履历十分感兴趣……并且……"

　　"嗯?"

　　"您戴着戒指。您结婚了?"

　　"嗯……是的。"

　　对话出现了冷场。夏尔将这位年轻女人的简历来来回回看了好几遍,并没有看到已婚二字。在她说"是的"的那一刻,他重新看了一眼她的简历。她的的确确已经结婚了。似乎是那张照片扰乱了他的思路,使他没有看清这个女人的个人实际情况。不过说到底,这真的重要吗?眼下要紧的是把面试继续下去,不能让场面变得尴尬。

"您计划要小孩吗?"他重新开口。

"暂时不考虑。"娜塔莉干脆利落地回答道。

在对一个刚刚结婚的女人的面试过程中,这个问题出现得理所当然。但她总觉得有些别扭,又说不出是哪里不对。夏尔停止说话,打量着她。最后,他站了起来,拿了块面包干。

"您想要来片脆卷面包干吗?"

"不了,多谢。"

"您应该尝一尝。"

"您真是太客气了,可我还不饿。"

"您应该适应起来。在我们这儿就吃这个。"

"您的意思是……"

"是的。"

9

娜塔莉有时觉得,人们都羡慕她的幸福。这感觉说不清、道不明,转瞬即逝。但通过一些细节,她能感觉得到这一点,像是那些意味深长的隐约微笑,还有人们看她的方式。没有人能料想到,她有时会害怕这种幸福,担心其中暗藏了不幸的威胁。当她说"我很快乐"时,有时她会急忙改口,因为迷信,也因为回想起那些乐极生悲的故事。

出席婚礼的家人和朋友组成了所谓的第一波社交压力。这是要求生小孩的压力。难道这些人的生活已经无聊到了热衷于他人生活的地步了吗?总是这样的,我们总是被他人的欲望所操控。但娜塔莉和弗朗索瓦可不愿为他们的亲友团上演连续剧。他们暂时想要过二人世界,享受那种最俗套的自在的感情生活。从彼此最早相遇起,他们就过着逍遥自由的生活。他们热爱旅行,享受着每一个有阳光照耀的周末,天真烂漫地游遍了欧洲。在罗马,在里斯本,在柏林,人们都见证了他们的爱情。他们愈是足迹散落各地,感情就愈发紧密。对他们来说,这些旅行诠释了浪漫的真正含义。他们喜欢在夜晚重新聊起他们的相遇,快乐地回忆起种种细节,为这份因缘际会感到万分自豪。在爱情的神话里,他们就像是孩子一样,一遍一遍不厌其烦地听人讲着同一个故事。

的确,这样的幸福会让人害怕。

日常生活并没有动摇两人的感情。虽然工作越来越忙,他们总是设法见面,一起吃个午餐,即使是吃得飞快,用弗朗索瓦的话来说,吃一顿"拇指上"①的午餐。娜塔莉喜欢这个说法。她想象出一幅现代派的画作,画里有一对正在拇指上吃午餐的情侣,就像那幅《草地上的午餐》一样。这得是一幅达利的画,她说。时常,有些话听到的人会非常喜欢,觉得精彩绝伦,而说话的人却浑然不知。弗朗索瓦喜欢这种对达利画作的联想,喜欢他的妻子突发奇想,甚至改写绘画史。这是一种极致的天真无邪。他低声说他现

---

① 取自法语"manger sur le pouce",直译"拇指上吃饭",意为站着匆匆忙忙吃饭。

在就想要她,在什么地方占有她,无论什么地方。可是这不可能,她得走了。于是,他一直按捺到晚上,带着在好几个小时的煎熬中聚积的欲望扑向她。他们的性生活并未随着时间的推移变得索然无味。在他们日常生活的每一天里都还留有相逢第一天的痕迹,而这并不多见。

同时,他们也尽量维持社交活动,继续和朋友见面,去剧院看戏,出其不意地去拜访祖父母。他们尽量不让自己离群索居,避免陷入旧日倦怠的生活怪圈。年复一年,一切都显得那么简单自然,而其他的夫妻则搏尽力气,拼尽心思。娜塔莉不理解"夫妻之道,需要经营"的说法。对于她来说,事情要么简单,要么复杂。一切都圆圆满满、风平浪静的时候,很容易就会这么想。有时候也会有些小打小闹。但这也让人去想,这一对之所以吵架是否只是为了和好时的情趣,要不然他们怎么会吵架呢?一切都如此顺利的时候,简直会让人有些担心。伴着这份轻松自在、这种凡人爱情中少有的如鱼得水,时间一天天过去了。

10

娜塔莉和弗朗索瓦计划中的旅行目的地

巴塞罗那

*

迈阿密

*

拉波勒

11

转眼间,娜塔莉已经在这家瑞典公司工作了五年。五年里,她什么工作都做过,在走廊和电梯间穿梭往来,走过的路加起来简直能赶上巴黎到莫斯科的距离。五年里,她喝了一千二百一十二杯咖啡机做的咖啡,其中的三百二十四杯是在四百二十场客户见面时喝的。夏尔很高兴能有她这样的得力助手。时不时,他就把娜塔莉叫到办公室来,只是为了褒奖她几句。虽然他的确比较喜欢在晚上、大家都下班了的时候这样做,但也并非有失分寸。他对她满怀柔情,很享受两人独处的时光。当然了,他在努力营造一个有利于暧昧滋生的氛围。其他任何一个女人对这种把戏都心知肚明,但娜塔莉却生活在对一夫一妻制——哦,对不起,应该说对爱情——的奇异梦幻里。这种爱情让她的眼里看不到其他男人,也使她对来自其他男人的诱惑企图失去了客观判断。夏尔以此为乐,内心中将弗朗索瓦当个神话看待。或许正是因为娜塔莉从不上钩,她对夏尔来说就更具挑战性了。迟早会有一天,他一定会在他们之间成功制造出几分暧昧,哪怕只有一丝也好。但有时,他也会突然改变态度,后悔把娜塔莉招进了公司。天天面对着这个无法征服的女人,让他感到十分气馁。

在公司其他人的眼里,老板和娜塔莉的关系十分密切,这让同事之间的关系难免有些紧张。娜塔莉努力缓和气氛,不去加入勾心斗角的办公室斗争。她之所以与夏尔保持距离,同样也有这个原因,她可不想去扮演老掉牙的与人争宠的角色。她的优雅和她在老板眼中的光环也许会让她对工作的要求更为严格。不过,这只是她自己的感受,并没有经过求证。所有人都不约而同地预测,这个出类拔萃、精力充沛、勤勉上进的年轻女人会在公司里前程似锦。瑞典股东们多次听说她的出色表现。嫉妒她的人总会使些卑劣的手段,企图打击她,动摇她。但晚上回家见到弗朗索瓦的时候,她从不抱怨,也从不唉声叹气。她也是在用这种方式表明,自己并没有把那些明争暗斗放在眼里。这种不被麻烦事所左右的能力也是一种力量。也许,这便是她最杰出的才能:从不暴露自己的弱点。

12

巴黎和莫斯科之间的距离

两千四百七十八公里

13

周末的时候,娜塔莉常常筋疲力尽。星期天,她喜欢躺在长沙发上读书,困意袭来的时候就打个盹,让自己的意识在书页和梦境之间徘徊。她会在腿上盖块毯子,她还会干些什么呢?哦,对了,她还喜欢沏上一壶茶,同时用上好几个杯子,小口抿着喝,仿佛那茶水取之不尽用之不竭。在一切都天翻地覆的那个星期天,她正在读一部长长的俄国小说,作者不像托尔斯泰和陀思妥耶夫斯基那样出名。这不禁让人去想,后人是多么的不公平。她喜爱书中主人公的优柔寡断,他无力作为,无力推动自己的生活。这种软弱让人感到悲伤。就像喜欢源源不断的茶水一样,她喜欢读长河小说。

弗朗索瓦来到她身旁:"你在读什么呢?"她说这是个俄国作家的书,但是没有细讲,因为在她看来,他问这个问题只是出于礼貌,不过是随便问问而已。这是星期天,她喜欢读书,他喜欢跑步。弗朗索瓦穿着那条娜塔莉觉得有些滑稽的短裤。她还不知道这会是她最后一次见到他。弗朗索瓦在家里到处蹦蹦跳跳,出门前,他总是这样在客厅里做热身运动和深呼吸,好像是为了能在身后留下一大片空白。的确,这一点他成功做到了。出门之前,他俯身贴着妻子的耳朵,对她说了些什么。奇怪的是,娜塔莉记不得他说的是什么了。他们的最后一次交流人间蒸发了。然后,她睡着了。

她醒来的时候,都弄不清自己昏昏沉沉睡了多久。是十分钟?还是一个小时?她倒了点茶喝,水还是热的。这是个迹象。似乎什么都没有改变。一切和她入睡前一模一样。是的,一切都是一样的。就在此时,电话响了。电话的铃声和茶水的蒸汽相互交融,形成了奇特的感官和谐。娜塔莉接起电话。一秒钟之后,她的人生完全不同了。她本能地将一张书签夹在书里,然后冲向门外。

14

到医院大厅的时候,她不知道该说些什么,做些什么。她愣了好一会儿。到了接待台，人们才告诉她她的丈夫在哪儿。她看到弗朗索瓦躺着，一动也不动。她想：他就像是睡着了。他夜间睡觉从来都不动，此刻不过是又一个夜间。

"他还有希望吗？"娜塔莉问医生。

"很渺茫。"

"很渺茫是什么意思？很渺茫是不是就意味着没有任何希望了？要是这样，就请告诉我他没有任何希望了。"

"我不能这样说，女士。希望非常小。谁也说不准。"

"哦，不，您应该知道！您是干这个的！"

她用尽全身力气喊出这句话，喊了好几遍才停下来。她盯着医生，医生也一动不动，被她吓呆了。他曾经见过许多悲惨的场景。但不知道为什么，此时此地，他感受到的是非同寻常的悲恸。他注视着这个女人的脸庞，那脸庞因痛苦而扭曲，流不下一滴泪，仿佛被巨大的痛楚抽干了。她迷茫失神地走向他。然后，她晕倒了。

娜塔莉醒来的时候，看到了她的父母，也看到了弗朗索瓦的父母。就在不一会儿之前,她还在读着书,而现在她已经不在自己家里。现实重新拼凑了起来。她想要退回到睡梦里,退回到星期天去。这不可能,这不可能,她就像是入了魔似的反复念叨着。大家告诉她,弗朗索瓦仍在昏迷之中,一切还有希望,但她感觉到一切都已经结束了。她知道这一点。她没有勇气去挣扎了。何必呢?将他的生命再多留一个星期,可然后呢?她已经看到他了。她看到弗朗索瓦一动不动,不可逆转地一动不动。永远都是这样了。

　　大家给娜塔莉服下了镇定剂。她身边的万事万物都崩塌了。她必须得说些什么,让自己振作起来。可她已经没有力气了。

　　"我要待在他身旁,守着他。"

　　"不,没有用。你最好是回去好好休息一下。"她的母亲说。

　　"我不想休息。我必须待在这儿,我必须待在这儿。"

　　她一边这样说着,一边却就要晕厥过去。医生努力说服她听父母的话。她问:"可一旦他醒过来,我不在身边怎么办?"现场出现了一片尴尬的沉默。没有人相信弗朗索瓦会醒过来,医生还是好心地安慰着她:"那我们会立即通知您的,但现在,您真的应该去休息一下。"娜塔莉没有回答。大家推着她躺下来,将她放在担架上。于是她跟着父母离开了。她母亲烧了一锅汤,可是她喝不下去。她又吃了两片药,倒在了床上。这是她的房间,她小时候住的房间。早上,她还是个妻子。而此刻,她像一个小女孩一样睡了。

15

弗朗索瓦在出门跑步前可能说的话

我爱你。

*

我好崇拜你。

*

运动过后,精神百倍。

*

晚上吃什么？

*

亲爱的,好好看书。

*

我迫不及待要回来见你。

*

我可不想被碾死。

*

真的该安排一次晚饭,请一下贝尔纳和妮可。

*

看来我也得读本书了。

*

我今天要特别锻炼一下小腿。

*

今天晚上生个孩子吧。

16

　几天之后,弗朗索瓦死了。娜塔莉精神恍惚,被镇定剂弄得昏头昏脑。她一遍遍重温他们之间最后的时刻。这真是太荒谬了。为什么那么幸福的生活,顷刻间土崩瓦解,以一个男人在客厅里蹦蹦跳跳的滑稽画面告终?另外,他到底最后在她耳边说了句什么,她怎么也想不起来了。他也许只是在她的颈边呼气。出门的时候,他或许就已经是个鬼魂。虽然有人的形体,但却不能说话,因为死亡已经在他身上驻扎了。

　葬礼那天,没有人缺席。所有人都来到了弗朗索瓦的家乡。他会很高兴有这么多人来的,她想。哦,不,这想法太荒谬了。一个死人怎么会为什么事情高兴呢?他正在棺木里腐烂:他怎么能够高兴呢?娜塔莉走在棺材后面,亲人们陪伴着她,此时她不免又想到了另一件事情:那次来参加婚礼的也是这同一批客人。是的,他们都在,一个也不少。几年过去了,大家再次聚首,其中有些人肯定穿着一样的衣服,重新穿上他们唯一的深色套装,这装束宜喜也宜哀。唯一的不同是天气。今天阳光灿烂,甚至让人感觉有点热。刚刚进入二月份就这样,太过分了。是的,太阳一直照耀不停。娜塔莉直视着太阳,双眼都要被灼伤了,直到视线模糊,只看得见一圈冷色的光晕。

人们将他葬入土中,然后,葬礼就结束了。

葬礼之后,娜塔莉只想一个人静一静。她不想回父母家。她不想承受怜悯的目光。她想把自己埋下去,把自己关起来,到坟墓里去生活。朋友们一路陪着她。回家的路上,大家都不知道该说些什么。司机提议放点音乐。但娜塔莉很快就让他把音乐关掉。她承受不了。每首曲子都让她想起弗朗索瓦。每个音符都回响着一段回忆,一个趣闻,一个笑容。她意识到这将会很可怕。七年的共同生活里,他已让自己无处不在,每一个呼吸都如影随形。她明白,未来不管自己有什么经历,都无法让她忘却弗朗索瓦的死。

朋友们帮她把行李搬上楼。但她没有请他们进门。

"我就不请你们进来坐了,我太累了。"

"答应我们,有事就给我们打电话。"

"好。"

"一言为定?"

"嗯,一言为定。"

她一边和朋友们吻别,一边感谢着他们。等到只有她一个人了,才松下气来。换作其他人,大概难以忍受这个时刻的孤独,娜塔莉却对此梦寐以求。然而,等到真的剩下她一个人的时候,眼前的情景却愈发难以忍受。她来到他们的客厅,一切都在那里,一模一样。什么都没有动。毯子还在沙发上。茶壶也在茶几上,旁边是她当时在读的书。看到书签时,她心中一震。那部小说就这样被一分为二,前半部分是弗朗索瓦在世时读的,到了第三百二十一页,他死了。这时候应该怎么办呢?被丈夫的死亡打断的阅读,还要继续下去吗?

17

当有人说自己想要静一静的时候,没有人会真正理会这样的要求。想要独处的意愿无疑被认为是一种病态的冲动。娜塔莉无论怎样跟大家说让他们放心都没有用,大家还是要来看她,这让她不得不开口说话。但她不知道该说些什么。她觉得,自己好像一切都得从零开始,包括学习如何说话。说到底,也许他们是对的,应该强迫她跟人有些交往,强迫她去洗澡,去穿衣,去会客。她的亲友们轮番出动,意图明显,行为赤裸,让人感到恐惧。她仿佛看到了一个危机处理小组在一位秘书——自然是她的母亲——的协助下,在处理一个突发的悲惨事件。他们在一个巨大的行事历上把一切都记录在案,巧妙地交错安排亲友的探访。她听到了这个亲友后援团的成员之间在窃窃私语,议论着她的一举一动:"她怎么样了?""她在干什么?""她在吃什么?"她感到,在那个属于她自己的世界消失之后,她却突然成了整个世界的中心。

在所有的访客中，夏尔是来得最勤的。他隔两三天就会来一次。按他的话来说，这样做，也是让她不与职场脱节的一种方式。他跟娜塔莉讲起几个正在开展的项目的进展情况，而在娜塔莉眼里，面前这个人简直是神经错乱。中国的对外贸易正值危机，可这和她有半点关系吗？中国人会把她的丈夫送回她身边吗？不会。很好。所以说，这些都是废话。夏尔感觉到她没在听，但他知道，这些话会渐渐产生效果的。他这样做，就像是输液一样，将现实的元素一点一滴地渗透给她。中国，甚至是瑞典，都会重新回到娜塔莉的视野之中。夏尔挨着她坐下来。

"你想什么时候回来就什么时候回来。你要知道，整个公司都做你的后盾。"

"谢谢你了。"

"你知道，有我在，你放心。"

"谢谢。"

"真的可以放心。"

她不明白为什么，从她丈夫去世起，夏尔就开始用"你"来称呼她。这到底意味着什么呢？但又为什么要追究这种转变的意义呢？她没这个力气。大概是夏尔觉得自己有责任，有责任让她看到她生活中某个方面依然如故。可不管怎么说，以"你"相称还是感觉怪怪的。不过，有些话确实没法用"您"来讲。比方说安慰的话，要消除距离才说得出来。她觉得夏尔来得有些太频繁了，她力图让他明白这一点，但流泪的人说的话，别人听不进去。他就待在她身边，并且变得急切了起来。有天晚上，在和她说话的时候，他把手放到了她的膝盖上。娜塔莉什么也没说，但觉得夏尔的分寸感极差。他是想要趁她悲伤之时，取代弗朗索瓦的位置吗？他是那种代替死者去旅行的人吗？也许，他只是想让她明白，当她需要温情的时候，或者想要做爱的时候，有他在这里。为摆脱死亡的纠缠，有的人会寻求性爱的慰藉。但娜塔莉不是这样，她无法去想象另外一个男人。于是，她推开了夏尔的手，夏尔觉得自己也许越线了。

"我很快就会重新开始工作，"她说。

可是连她自己也不太清楚，这里的"很快"是什么意思。

18

为何罗曼·波兰斯基将托马斯·哈代的小说
《德伯家的苔丝》改编成电影

这并不是一次被死亡打断的阅读。但罗曼·波兰斯基的妻子莎朗·塔特在被查尔斯·曼森残暴地杀害之前，曾向她的丈夫提起过这本书，认为很适合改编成电影。这部在十几年后拍摄、由娜塔莎·金斯基领衔主演的电影因此被导演题献给了自己的亡妻。

19

以前，娜塔莉和弗朗索瓦不想很快就要小孩。这是个未来的计划。可如今，这个未来再也不会来了。他们的孩子只会存在于虚拟之中。有时候，忆及所有那些去世了的艺术家，我们会设想，要是他们依然在世会创作出怎样的作品呢？如果约翰·列侬没有在一九八〇年去世，他会在一九九二年写出什么歌来呢？同样，这个从未存在过的孩子会有怎样的生活呢？真该好好想一想所有那些搁浅在可能性岸边的各种命运。

好几个星期以来，娜塔莉都保持着这种近乎疯狂的态度：否认死亡。她继续假装过着和往常一样的生活，就好像她的丈夫还在一样。在早上出门散步之前，她会在客厅的桌子上给他留言。她每次一走就是好几个小时，心里只盼着自己能够迷失在人群里。有时，她也会踏入教堂，尽管她不是信徒，并且现在确信自己以后也不会是。她总是很难理解那些想要在宗教中寻求庇护的人，不明白在经历了那样的不幸之后怎么可能还有信仰。然而，当她坐在午后空荡荡的教堂中间的时候，她从中获得了慰藉。尽管平静的感觉微乎其微，但就在刹那之间，是的，她感受到了基督的温暖。于是她跪在了地上，就像一个心中住着魔鬼的圣女。

她时常会回到他们相遇的地方，回到那条七年之前她曾走过的人行道上。在那之前，她还不认识他。她想："要是现在有个人来跟我搭讪，我会有什么反应呢？"但是，没有人来打断她的沉思。

她也会去她丈夫出车祸的地方。他曾经戴着耳机，穿着短裤，那样笨手笨脚地穿过这条马路。这是他最后一次这么笨手笨脚了。她站在马路边上，看着车来车往。为什么她不在同一个地方自杀？为什么不用他们的血迹结成盟约，生生死死再不分离？她长久地伫立着，不知道该做些什么，眼泪在脸上肆虐。特别是在葬礼刚结束的那段时间，她常回到这个地方。她不知道为何要这样折磨自己。来到这里，想象事发当时的残酷，让她丈夫的死亡变得如此确凿，这真是太荒谬了。但也许说到底，这才是唯一的出路？有人知道经历过这样的不幸之后怎样活下去吗？没有灵丹妙药。每个人都只是遵循着身体的指示。娜塔莉也正是顺从着这股冲动，来到这里，在马路沿上哭泣，任由自己溺在泪水里。

20

约翰·列侬如果没有在一九八〇年去世可能会

出的专辑

《依然洋子》(一九八二年)

*

《昨天和明天》(一九八七年)

*

《柏林》(一九九〇年)

*

《电影〈泰坦尼克号〉原声带》(一九九四年)

*

《复兴—披头士》(一九九九年)

21

夏洛特·巴隆在撞死弗朗索瓦之后的生活

假如二○○一年九月十一日的恐怖袭击没有发生,夏洛特一定不会在鲜花速递公司工作。九月十一日是她的生日。她的父亲当时正在中国旅行,请人给她送来了鲜花。上楼送花的让-米歇尔还不知道这个世界刚刚天翻地覆。他按了门铃,看到夏洛特脸色惨白,一句话也说不出来。她接过花,问道:

"听说了吗?"

"听说什么?"

"请进来……"

让-米歇尔和夏洛特一起度过了一整天,他们坐在沙发上,看着飞机撞高楼的画面一遍遍循环播放。共同度过此刻的经历势必让两人从此紧密相连。他们变得形影不离,甚至在一起相处了好几个月,之后才得出结论:他们更适合做朋友,而不是情人。

过了不久,让-米歇尔开了自己的鲜花速递公司,并请夏洛特来一起工作。从此以后,他们的生活就被一束束鲜花填满。出事的那天,让-米歇尔已经准备好了客户订的花束。客户打算向未婚妻求婚。一收到花束,未婚妻就会明白,这是两人约定的暗号。鲜花必须要在那个星期日送到,因为那天是他们的相识纪念日。正要出发的时候,让-米歇尔接到他母亲的电话:他的祖父刚刚住院。夏洛特说那就让她来送。她很喜欢开小卡车,更何况只有一笔业务,她可以很从容。她一边开车,一边想着这对情侣,想着自己在他们故事里扮演的角色:一位至关重要的陌生人。她正想着这一切,也想着其他七七八八的事情,就在这时候,一个男人横冲了过来。她踩下刹车,但为时已晚。

这场事故把夏洛特彻底击溃了。一个心理医生尝试让她开口,以便尽快摆脱刺激,避免创伤侵蚀到潜意识里。很快,她就想到:我是不是应该去联系那位寡妇?但后来,她觉得没有必要。再说了,她又能对她说什么呢?说"请原谅"吗?出了这样的情况能够请求原谅吗？也许她还会再补充一句："您丈夫犯混，他横穿马路瞎跑一气，他也毁了我的生活，您想到这一点了吗？您以为撞死人以后还要继续活下去很容易吗?"也有时候，她会对这个男人、对这个男人的冒失产生一波波恨意。但大多时候，她都保持沉默，心不在焉地坐着。这些沉默的时刻让她和娜塔莉有了某种共通之处。两个女人都游移在万念俱灰的自我麻痹之中。在试图走出阴影的这段时间里，她总是莫名其妙地禁不住去想出事那天她应该送去的鲜花。抛在路边的鲜花，成了流产的时光的写照。她的眼前不断浮现慢镜头重放的车祸画面，撞击的声音一遍遍响起，而那束鲜花一直都在那里，在前景中，干扰着她的视线。那些鲜花成了覆盖她每日生活的裹尸布，花瓣的形状萦绕在她的脑海里，挥之不去。

让-米歇尔很担心她的状态，气急败坏地让她回来工作。这也是让她摆脱阴影的一种尝试。这尝试成功了，因为夏洛特抬起头来，说"好的"，就像一个做了错事的小女孩，答应以后要做个乖孩子。自然不是因为她的同事突然发作了一通,她就答应了,而是因为,她心底里知道自己别无选择,必须继续下去。一切都会和从前一样,夏洛特想,放心吧。但事实并非如此,没有什么会和从前一样。在日复一日的生活中,某样东西被粗暴地打碎了。那个星期天永远都在眼前:星期一看得到它,星期四也看得到,星期五或者星期二,它还是赖着不走。那个星期天永远都不会结束,它已化成了可恶的永恒,笼罩了整个未来。夏洛特在微笑,夏洛特在吃饭,但夏洛特脸上总有一道阴影,连她名字中的某几个字母仿佛也被遮蔽住了。她似乎总被一个想法纠缠着。突然,她问道:

"那天我要送的花……你最后送了吗?"

"我当时没空想这事儿了。我马上就去找你了。"

"那个男人没再给你打电话吗?"

"打了,当然打了。第二天他和我通过话。他非常不满意。他的未婚妻什么也没收到。"

"然后呢?"

"然后……我向他解释了……我跟他讲你出车祸了……有个男人昏迷了……"

"那他说什么了?"

"我不太记得了……他感到很抱歉……然后他嘀咕了几句……我想他觉得这是个预兆。很不好的预兆。"

"你是说……你认为他不会再去向那个女孩求婚了?"

"我不知道。"

夏洛特被这个插曲弄得心烦意乱。她决定亲自给那个男人打个电话。他确认说他决定推迟求婚。这个消息让她受到了很大的冲击。事情不应该这样。她想着这件事会产生的连锁反应。结婚会被推迟。也许在这之后的很多事情也会发生改变?许多人的人生会因此有所不同,她为此感到十分困扰。她心想:如果我去弥补,一切就会像什么也没发生过一样;如果我去弥补,我会重新过上正常生活。

夏洛特走进花店里间,准备了一捧一模一样的花束。然后她

搭了辆出租车。司机问她:

"去参加婚礼吗?"

"不是。"

"生日?"

"不是。"

"……毕业典礼?"

"不是。只是去做我撞死人那天应该做的事情。"

司机不再说话,继续开车。夏洛特下了车。把花放在了那个女人的门毯上。她面对这幅景象站了一会儿,然后决定从花束里抽出几朵玫瑰。她带着玫瑰离开了,上了另一辆出租车。从出事那天起,她就一直随身留着弗朗索瓦的地址。她不想去见娜塔莉,这无疑是正确的决定。看到别人的生活被摧毁,会让她更难开始新生活。但此刻,她突然有股冲动。她不想多思考。出租车行驶了一段路,停了下来。不到几分钟的时间,夏洛特又来到一个女人的门口。她将几朵白玫瑰放在了娜塔莉的门前。

22

　　娜塔莉打开门,心里问自己:这个时机对吗?弗朗索瓦去世已经三个月了。三个月真的很短。她一点都没有觉得情况有所好转。在她的身体里,死亡的哨兵不知疲倦地列队行进。朋友们劝她重新开始工作,不要放任自己,要把时间填满,好让它不再难熬。但她清楚地知道,什么都不会改变,甚至可能会变得更糟:尤其是晚上,当她下班回家的时候,他不会在那里,他永远都不会在那里。不要放任自己,多么奇怪的说法。无论发生了什么,人们都是放任自己的。人生就是要放任自己。她想要的,就是放任自己。不再去感受每一秒钟的重量,寻找到一份生命之轻,哪怕是不可承受之轻。

　　她不想事先打电话。她想就这么去上班,出其不意,这样也可以使她的回归不怎么引人注目。在大厅,在电梯,在走廊,她碰到了很多同事,他们都以各自的方式尽其可能地向她表示了关切。或是通过一句话、一个手势、一个微笑，或是通过某种沉默。这种一致而又含蓄的支持让娜塔莉深受感动。奇怪的是，也正是这些不同的表达方式让她此刻产生了犹豫。她真的想要这些吗？想要生活在同情和不自在的氛围里吗？她既然回来上班，就应该把生活这场戏演好，让一切顺顺当当。她无法承受别人看她的目光中流露出的关切，那终究隐含着某种怜悯。

　　娜塔莉站在老板的办公室门前，心里犹豫不决。她感觉到，要是进了这扇门，那她就是真的回来了。终于，她下定决心，没有敲门就进去了。夏尔正埋头读着《拉鲁斯词典》。这是他的怪癖：每天早上，他都读一个词条。

　　"嗨！没打扰你吧？"娜塔莉问道。

　　夏尔抬起头，很惊讶看到娜塔莉。仿佛幻觉在眼前出现。夏尔一时说不出话来，生怕自己因太过激动而无法动弹。她走近了他：

"你在读你的词条?"

"是的。"

"今天是哪一个?"

"是'délicatesse'。你在这一刻出现,我还真不意外啊。"

"这是个好词。"

"我很高兴在这里见到你。终于。我一直都希望你能回来。"

两人之间出现了一阵沉默。这确实奇怪,不过他们总会在某些时候无话可说。碰到这样的情况,夏尔总会请她喝茶,好像茶水能给他们的言语交流充电加油似的。接着,他很激动地开口说起来:

"我跟股东们在瑞典见面了。对了,你知道我现在能讲一点瑞典话了吗?"

"不知道。"

"是的……他们让我学瑞典话……我可真是倒霉,这是一门什么破语言啊!"

"……"

"不过好吧,就算我欠他们的。毕竟他们也没让人太为难……对了,我和你说这个……是因为我和他们提到了你……所有人都同意按照你的想法来。要是你决定回来上班,就按你自己的节奏和意愿来做事。"

"多谢好意。"

"不只是好意。大家都很想你,真的。"

"……"

"我很想你。"

他说出这句话的时候,目不转睛地盯着她看。目光专注得让人感到局促。时间仿佛在目光中永驻下来,一秒钟里似有千言万语。坦白地讲,有两件事情他是无法否认的:第一,他始终被她吸引;第二,自她丈夫去世后,她的魅力更是有增无减。要坦承这样的癖好是很难的。这是一种病态的爱恋吗?并不尽然。问题在于她的容貌,她的容貌仿佛因不幸得到升华。娜塔莉的悲伤大大提升了她让男人想入非非的潜力。

23

Délicatesse 一词在《拉鲁斯词典》里的定义

Délicatesse：阴性名词

1. 微妙的情态。

2. ［文］和某人关系微妙：和某人不和、关系不好。

24

娜塔莉坐在办公室里。从回来上班的第一个早上起，她就面对着一样可怕的东西：行事历。出于尊重，没有人碰过她的东西。可没有人会想到，对她来说，在办公室里看到出事前的最后一个工作日，也就是她丈夫车祸前两天的日期，会是多么残忍的事情。在日历的这一页，他还活着。她拿起日历，开始翻页。日子在她的眼前掠过。从弗朗索瓦去世起，她觉得每一天都过得举步维艰。但在此时此地,在翻过了这一张张日历页的几秒钟时间里,她得以实实在在地审视了一遍这些日子走过的路。所有这些日子都翻过去了,她还在这里。眼下这一页,是今天。

再往后,就到了换一本新行事历使用的日子了。

娜塔莉回来工作已经几个月了。她投入工作的方式,在某些人看来有些过头。时间仿佛再次步入正轨,一切都重新开始了:日常的例会,还有文件归档的荒谬编号,就好像它们只是些毫无意义的数字序列一样。而最荒谬的事情,就是这些文件会比我们活得久。是的,她在归档的时候就是这么想的。这些成卷的废纸在很多方面都比我们要强,它们不会生病,不会衰老,不会发生车祸。没有哪份文件会因为星期天出门跑步而被撞死。

25

Délicat 一词在《拉鲁斯词典》里的定义,因为

"délicatesse"本身还不足以让人理解它的含义

Délicat, e：形容词([拉] *delicatus*)

1. 精美的;精致的;清淡的：线条精致的面庞;清淡的香气。

2. 娇弱的：娇弱的身体。

3. 微妙的;棘手的：微妙的处境;棘手的运作。

4. 细致的;体贴的：体贴的男人;细致的关怀。

[贬] 挑剔的：成心挑剔。

26

自从娜塔莉回来,夏尔就心情大好,有时甚至连瑞典语课也上得兴高采烈。他们之间建立起某种联系,某种属于信任和尊重的

联系。娜塔莉感觉自己有幸在一个对她这么关照的男人手下干活。她不再是从前那样视而不见了，她感觉得到夏尔对她有好感。她任由他作出多少算是含蓄的暗示。夏尔也不会太过火，因为娜塔莉在他们之间划定了一条对他来说是不可逾越的界线。娜塔莉不接他的招，只是因为她根本玩不了，她没这个力气。她所有的精力都用在了工作上。夏尔好多次邀请她共进晚餐，但她都以沉默拒绝了。她只是还没法跟人约会，更别说是跟一个男人了。她觉得这很荒谬，因为既然她有勇气撑过整个白天，在那些微不足道的文件上聚精会神，为什么不能让自己歇息放松片刻呢？这显然跟快乐这个观念有关。她觉得自己无权去寻欢作乐。就是这样。她做不到。甚至也不确定今后是否还能做到。

但这天晚上，事情会有些不同了。她终于同意共进晚餐。因为夏尔抛出了一个躲不过去的理由：庆祝她的晋升。因为，没错，她得到了一个特别好的升职机会，从今往后要领导一个六人团队。

虽然从业务能力看她完全配得上这次升职,但她还是寻思这会不会是来自他人的怜悯。一开始她想拒绝,但拒绝升职是件很麻烦的事情。接着,注意到夏尔十分积极地想要安排这次晚餐,她又想,夏尔抓紧提拔她,是否只是为了和她共进晚餐这个目的。一切皆有可能,没必要弄得太明白。她只是告诉自己,夏尔这么做是有他的道理的,而且这无疑是个强迫自己出门的好机会。她也许能重新找回从前下班后便无忧无虑的感觉。

27

对夏尔来说,这次晚饭事关重大。何去何从,在此一举。他为此精心准备,就像赴初次约会的小男生那样惴惴不安。不过话说回来,这种感觉也不算太夸张。一想到娜塔莉,他甚至会觉得这是他第一次和一个女人共进晚餐。仿佛她拥有特异功能,能让他之前与男女交往有关的所有记忆都化为乌有。

选择餐厅时,夏尔有意避开了烛光餐厅,生怕用不得体的浪漫冒犯她。头几分钟进行得十分完美。他们喝着酒进行简短的交谈,时不时出现的短暂沉默并没有引起丝毫尴尬。娜塔莉很享受待在这里,喝着酒。她觉得自己该早些走出家门,行动才能带来快乐,她甚至想要大醉一场。但是,总有样东西将她拉回现实。她从来都无法真正摆脱自己的处境。她可以想喝多少酒就喝多少,但这什么也改变不了。她就在那里,头脑绝对清醒,看着自己像演员一样在舞台上演戏。她的自我分离出去,惊愕不已地注视着从前那个自己,那个尽情生活、充满吸引力的女人。她不可能再变回那个女人,而此时此刻更是把这种不可能性暴露得明明白白。但夏尔什么也没看到。他只看得到表面现象,只是劝她喝酒,以便跟她共度片刻有滋有味的时光。他已经完全被征服了。几个月以来,他都觉得娜塔莉是个俄罗斯女人。他不知道这具体意味着什么,但就是有这种感觉:在他心里,她有着俄罗斯式的力量,带着俄罗斯式的忧郁。她的女性魅力就如此这般从瑞士漫游到了俄罗斯。

"嗯……这次升职是为什么?"她问。

"因为你工作做得很出色……而且我觉得你棒极了,就是这样。"

"就是这样?"

"为什么这么问? 你觉得还有别的原因?"

"我? 我什么也感觉不到。"

"那要是我把手放在这儿,你也什么都感觉不到?"

他不知道自己是哪儿来的勇气。他对自己说,今晚,一切都有可能实现。他怎么能如此异想天开呢? 在他把自己的手放在她手上的时候,他立即想起了把手放在她膝盖上的那一幕。那次,她也是像现在这样看着他。而他当时只能退缩。他受够了一次次无谓的碰壁,受够了在言语上都总是不能越雷池一步。他想要把事情摊开来说。

"你不喜欢我,是吗?"

"呃……为什么要问这个?"

"那你呢,为什么你总是在问? 为什么你永远都不回答?"

"因为我不知道……"

"你不觉得应该向前看吗？我不是叫你忘了弗朗索瓦……但你不应该就这样一辈子都把心锁起来……你知道我什么都愿意为你……"

"……但是你已经结婚了……"

听见她这样提到他的妻子，夏尔惊愕不已。说来荒唐，可他当时的确已经把他的妻子给忘了。他不是一个和另外一个女人共进晚餐的已婚男人，他是一个活在当下的男人。是的，他已经结婚了。他过着用他自己的话来说平淡如水的婚姻生活。他和他的妻子之间已经没有火花了。当下，他被娜塔莉的话惊到了，因为他对她的倾慕之情可是的的确确发自真心的。

"我的妻子……为什么要提到她？她只是个影子！我俩形同陌路。"

"看起来不像。"

"因为她一心一意只想着面子上的事情。她来办公室，也只是为了炫耀自己。你要是知道这有多可悲，你要是知道……"

"那么，离开她吧。"

"为了你，我马上就会离开她。"

"不是为了我……是为了你自己。"

对话出现了冷场，也就是几次呼吸、几口酒的工夫。娜塔莉很恼火，他竟然会提到弗朗索瓦，竟然如此迅速而又粗鲁地让这顿晚餐变调，让它朝着最原始最赤裸的方向行进。之后，她说她想回家。夏尔清楚地感觉到他太过火了，他的表白毁了这顿晚餐。他怎么就没看出来现在还不是时候呢？娜塔莉还没有准备好。应该循序渐进慢慢来。而他却像个疯子一样火力全开，想要在两分钟之内弥补多年来的渴求。这都是因为这顿晚餐的开场太美好，给了他太多希望，撺掇得他像那些缺乏耐心的男人们一样自信心膨胀。

他恢复了镇定：不管怎样，他有权说出自己的感受。打开心扉并不是罪过。的确，这一切对于娜塔莉来说太过沉重，她的寡居状态让事情变得更复杂。他想，要是弗朗索瓦还活着，说不定他追求娜塔莉的机会还更大。弗朗索瓦用死凝固了他们的爱情，把他俩永永远远地凝结在了一起。面对这样一个生活在凝固静止时空里的女人，怎么可能讨得她的欢心呢？真该去好好想一想，弗朗索瓦是不是故意被撞死的，好让他们的爱情永垂不朽。有些人可真的认为，轰轰烈烈的爱情往往以悲剧结尾。

28

他们走出餐厅，气氛越来越尴尬。夏尔找不到恰当的词语、一句俏皮话或是某种幽默来为自己做些弥补，稍稍缓和一下气氛。没有办法，他们陷入了僵局。几个月来，他都表现得体贴殷切，恭敬忠诚，但就因为没法控制自己的欲望，想要做个好男人的所有这些努力都一笔勾销了。他感觉自己的身体此刻荒谬至极，就像被肢解了似的，每一个部分都各自为政。他想要吻一下娜塔莉的脸颊，表现出大方友好的样子，但脖子却是僵直的。这令人窒息的时刻又持续了好一会儿,每一秒钟的时间都像是在扭扭捏捏,一步一步慢慢向前挪。

接着,突然,娜塔莉对他绽放了一个大大的笑容。她想要他明白,这一切都没什么大不了的,最好能够忘掉这个晚上,到此为止。她说她想要走一走,然后就留下这轻快的语调走开了。夏尔继续注视着她,看着她的背影,陷在自己的失败感里无法动弹。娜塔莉在他的视野中走远了,身影变得越来越小,但其实,真的正在变得渺小的是他,他站在原地缩得越来越小。

就在此刻,娜塔莉停住了脚步。

她转过身来。

她重新向他走来。片刻之前,这个女人在他的视野中消失,现在又慢慢走近他,身影变得越来越大。她想要干什么?不要激动得太早。她一定是忘记了她的钥匙、她的丝巾,或是女人们喜欢忘记的众多物件之一。可是,不,不是这样的。从她走路的方式里就看得出来,感觉得到,这不关乎某种物件,她回来是要和他说话,对他说些什么。她走得那么轻盈,就像是一部一九六七年的意大利电影里的女主角。他也想要向前走,迎过去。在他那已步入歧途的浪漫想象里,这时候应该开始下雨,晚饭末尾的沉默只是一场误会,她回来不是有话要讲,而是要拥抱他。说来真是奇妙,在她离开的时候,直觉就告诉他不要动,她会回来的。因为从一开始起,他们之间显然就有某种既简单又自然、既强烈又脆弱的感觉。当然了,应该理解她。丈夫刚去世就承认一段新的感情,对她来说很不容易。甚至很残忍。可是,这又怎么能抗拒呢?爱情故事常常是有悖常理的。

她现在来到了他的面前,神情兴奋而又超凡脱俗,宛然某个悲剧女主角的性感肉身。她就在眼前,他亲爱的娜塔莉。

“原谅我刚才没回答你……我有些难为情……”

“我懂的。”

“坦白自己的感受真的很难。”

“我知道的,娜塔莉。”

"但我想我现在可以回答你了：我不喜欢你。甚至你的追求方式都让我很不自在。我确定我们之间不会发生什么。也许我只是再也无法爱上什么人了，但就算我开始考虑这件事，我也知道这个人不会是你。"

"……"

"我不能就像刚刚那样离开。我希望事情能说清楚。"

"说清楚了。你说了。是的，说清楚了。我听明白了，因为你说清楚了。你说清楚了，没错。"

娜塔莉看着夏尔继续哽咽。说不下去的话渐渐被沉默所截获，字字句句都像是垂死之人的目光。她做出了一个温柔的举动：把手放在了他的肩上。然后，她重新往回走，又成为了那个小小的娜塔莉。夏尔想要站直，但这并不容易。他还是没能缓过神来。尤其是她说话的语调，那么简单明确，却又毫无恶意。他应该向事实投降了：她不喜欢他，并且永远都不会喜欢他。他感受不到丝毫愤怒。这就像是多年来一直鼓舞着他的某个念头突然破灭了。一种可能性终结了。这顿晚餐就像泰坦尼克号的航程。一开始欢天喜地,后来却沉没而终。真相往往以冰山的姿态出现。娜塔莉一直都还在他的视野之中,他希望能看到她尽快离去。即便她只是视线远方的那个小小的圆点,他现在也完完全全无法承受了。

29

夏尔走了一会,来到停车场。一到车里,他就点了一支烟。黄色霓虹灯刺眼地闪烁,恰似他此刻苦涩的心情。他发动汽车,打开收音机。播音员正在播报当晚古怪的足球赛况。这个晚上的比赛几乎全都踢平了,因此甲级联赛的排名保持不变。一切都能对上。他就像是萎靡不振的联赛里一支踢输了的球队。他已婚,有个女儿,领导着一家不错的公司,但内心感受到巨大的空虚。只有关于娜塔莉的梦想能让他充满活力。现在,这一切都结束了,被泯灭、被摧毁、被洗劫了。他还能将这些近义词无休止地堆砌下去,但这什么也改变不了。这时,他想到了比被深爱的女人拒绝更糟糕的事情:每天都得看到她。在走廊上,随时都能碰见她。他不是偶然想起走廊的。娜塔莉在办公室里很美丽，可他觉得她的性感在走廊上展露得更为淋漓尽致。是的，在他的心里，这是一位属于走廊的女人。而现在，他才刚刚明白，走廊总有尽头，必须转身折返。

　　不过，回家的路从来都不需要折返。夏尔的车在每天都经过的同一条路上行驶。路程总是一模一样，简直像在搭地铁。他停好车，又在大楼的停车场抽了一支烟。打开家门的时候，他看到妻子坐在电视机前。没有人会想到，曾几何时，洛朗丝也曾风情万种。现如今，她却显然成为了一个典型的消沉型绝望贵妇。奇怪的是，夏尔并没有受到眼前这幅景象的影响。他慢慢走向电视，把它关掉。他的妻子发出几声无奈的抗议。他靠近她，用双臂紧紧地抱住她。她想要抵抗，却一声也没出。其实，她一直渴望着这个瞬间，渴望着她的丈夫能触摸她，渴望着他在经过她身边的时候不再对她视而不见。两人此前的生活就是日复一日地训练如何无视对方。眼下他们什么话也没说，径直走向卧室，理好的床铺被迅速打乱，夏尔将洛朗丝翻过身，扯下她的内裤。娜塔莉的拒绝让他想要和他的妻子做爱,甚至有些粗暴地占有她。

30

夏尔明白娜塔莉永远都不会喜欢上他的那个
夜晚法国甲级联赛的战果

欧塞尔—马赛:2—2

*

兰斯—里尔:1—1

*

图卢兹—索肖:1—0

*

巴黎圣日耳曼—南特:1—1

*

格勒诺布尔—勒芒:3—3

*

圣埃蒂安—里昂：0—0

*

摩纳哥—尼斯：0—0

*

雷恩—波尔多：0—1

*

南锡—卡昂：1—1

*

洛里昂—勒阿弗尔：2—2

31

　　在这顿晚饭之后，他们俩的关系同以前大不一样。夏尔与娜塔莉保持着距离，而娜塔莉对此完全理解。他们的交流本来就少，现在更是严格限于工作范围。他们各自领导的项目之间并没有什么交集。升职后,娜塔莉开始管理一个六人团队①。她换了办公室,这让她感到十分舒坦。她之前怎么就没想到这一点呢?是不是换个环境,也就能换个心情了?她也许应该计划一下搬家。但这个想法刚从脑海中浮现,她就立刻明白自己没有勇气这么做。在服丧期里,有股矛盾而又专横的力量,一边逼着她必须做出改变,一边又要她病态地忠于过去。于是,她把迎接未来的心力全放在了职场上。她的新办公室在大楼顶层,感觉就像够到天空了。她庆幸自己没有恐高症。她心目中的快乐就这么简单。

接下来的几个月里,娜塔莉还是同样地疯狂工作。她甚至在犹豫要不要去学瑞典语,好为自己以后可能担任的新职位作准备。她这样做谈不上有野心,只是想要借工作来麻痹自己。她的亲友依旧很担心她,认为她的工作狂是抑郁症的表现。这套理论让她

①到了新岗位之后,她给自己新买了三双鞋。——原注

十分恼火。对她来说,事情很简单:她只是想不停地工作,好让自己停止胡思乱想,清空自己的脑子。每个人总是尽自己所能在奋斗,她希望她的亲友们能支持她的奋斗,而不是编排些神叨叨的理论。她对自己的业绩感到很骄傲。她连周末也去办公室加班,或者将工作带回家,干得废寝忘食。她一定会在将来的某一刻累垮的,但目前,多亏了瑞典式的肾上腺亢奋,她还是勇往直前。

　　她的精力让所有人叹为观止。由于她不再显露任何软肋,同事们开始忘记她的遭遇。弗朗索瓦对于其他人来说变成了回忆,也许有一天对她来说也会如此。她的工作时间很长,这让大家随时都能找得到她,对于她的团队成员来说就更是如此了。克洛伊是团队中的新人,也是年纪最轻的成员。她特别喜欢向娜塔莉吐露心事,尤其是对于她的未婚夫的种种担忧,以及她挥之不去的苦恼:她特别爱吃醋。她知道这很荒谬,但她就是没法克制自己,没法表现得理性一点。某件奇怪的事情发生了:尽管克洛伊的倾诉十分幼稚,但却让娜塔莉回到了那个她已失去的世界,那里有她的青春时光,那时的她还担心自己找不到一个合得来的男人。听着克洛伊说话,她感觉自己青春时期的一段回忆也浮现在眼前。

32

《微妙》剧本节选

场景 32:在酒吧里

娜塔莉和克洛伊①走进一间酒吧。这不是她们第一次来这里了。娜塔莉跟着克洛伊。她们在窗户旁边的一个角落坐下。

室外:可有雨落下。

克洛伊 (自然而然地)怎么样? 您还好吧?

---

① 导演心目中的角色人选:玛丽·吉莲饰演娜塔莉,梅兰妮·贝尔内尔饰演克洛伊。

娜塔莉 是的,很好。

克洛伊注视着娜塔莉。

娜塔莉 为什么要这样看着我?

克洛伊 我希望我们的关系更有相互性,希望您能多谈谈自己。说真的,我们一直都只聊我的事情。

娜塔莉 那你想知道些什么呢?

克洛伊 您的丈夫去世已经有一段时间了……嗯……您不介意我们谈谈这事吧?

娜塔莉显得很惊讶。还没有人以如此直接的方式谈过这件事。过了一会儿,克洛伊又开口。

克洛伊 我是说真的……您这么年轻,这么漂亮……看看坐在那边的那个男人,从我们进来起他就一刻不停地盯着您。

娜塔莉转过头,撞上了注视着她的那个男人的目光。

克洛伊 我觉得他真的不错。我觉得他是个天蝎座。而您是双鱼座,是绝配。

娜塔莉　我都没怎么看清他,你就已经算到这些啦?

克洛伊　可是星座真的很重要啊。我和我男朋友的问题就出
　　　　　在星座上。

娜塔莉　那可不好办了。他可没法换个星座。

克洛伊　是呀,那个白痴永远都是个金牛座。

娜塔莉没有表情的面部特写。

转切

33

　　娜塔莉觉得,待在这里跟一个这么年轻的女孩聊这些很可
笑,这尤其是因为,她还是无法活在当下。所谓痛苦,大概就是
这样的:它总是会把人从当下的一刻抽离出来。她漠不关心
地看着成人世界的种种把戏,简直完全可以告诉自己:"我不在
这里。"而克洛伊则用属于当下的轻快能量和她说着话,试图把
她留在此刻,试图迫使她去想:"我在这里。"她不停地跟娜塔莉

讲那个男人。刚好,那个男人喝完了他的啤酒,可以感觉得到,他正在犹豫要不要走过来。但从盯着看到搭上话,从眼神到言语,这个过程从来都不会那么简单。一整天的工作之后,他觉得自己处在某种放松状态,这种状态有时让人敢作敢为。疲劳仿佛给人增添胆量。他继续注视着娜塔莉。坦白地说,他又会损失什么呢?什么也不会,不过可能会减少一点作为陌生男人的魅力而已。

他把自己的账结了,离开他的观测站。他前进的步伐简直称得上是十分坚定。娜塔莉在他的几米以外:三米或者四米,不会再远了。她明白这个男人要过来找她。一种奇怪的想法立即袭上心头:这个来跟她搭讪的男人可能在七年后被车撞死。这念头难免让她心绪不宁,愈发脆弱。所有找她搭讪的男人都不可避免地会让她想到和弗朗索瓦的那场邂逅。不过,眼前的这个男人和她的丈夫一点关系也没有。他带着一种属于夜场的微笑、某种轻佻的微笑走过来。然而,当站到了她们桌前时,他却沉默了,现场出现了片刻的安静。他决定了来和她们攀谈,但却连开场白都没有想好。他也许只是太激动了?姑娘们惊讶不已,端详着这个男人,他就像一个惊叹号似的杵在那里。

"晚上好……我可以冒昧地请你们喝一杯吗?"他终于开口,了无新意。

克洛伊点头了,他坐到她们边上,感觉自己已经成功了一半。他一坐下,娜塔莉就想:这个人真笨。他说要请我喝一杯,可我的杯子明明还是满的。接着,她又突然改变了想法,觉得他在接近她们时的迟疑十分感人。但再一次,敌意又占了上风。她就这样不停地在两种矛盾的心情间来回摇摆,简直不知道该如何进行思考,每做一个动作都是出自于相反的意愿。

克洛伊大包大揽,开始交谈,不停讲些娜塔莉的加分事迹,突出她的优点。照她说来,娜塔莉是个现代、出色、有趣、有教养、有活力、头脑清晰、慷慨而又纯粹的女人。不到五分钟就派了这么多优点出来,弄得那男人脑里只有一个问题:那她到底是哪里出了问题呢？在克洛伊随兴所至、尽情赞美她时，娜塔莉努力保持可信的微笑，放松面部肌肉；偶尔发出笑声的时候，她也努力显得自然。但这让她心力交瘁。拼命去表现有什么好处？尽全力显得合群可亲有什么好处？接下来又会是什么呢？又一次约会？越来越深入地互相交心？突然之间，刚才简单轻松的气氛在她眼里变得昏天黑地。通过这平淡无奇的交谈，她瞥见了二人世界的错综复杂、畸形怪诞。

她说声"不好意思"，起身去了洗手间。她对着镜中的自己看了好一会儿，注视着自己脸上的每个细节。她往脸上扑了点水。她觉得自己漂亮吗？她对自己有什么看法？对自己的女性魅力呢？该返回座位了。她在洗手间的镜子前待了好几分钟，静止不动地注视着自己，脑海中却是思绪万千。她回到位置上，拿起她的大衣，随口捏造了个借口，甚至都懒得表现得诚恳可信一点。克洛伊说了句什么，可她没听见。她已经走到外头了。稍晚，躺在床上的时候，那个男人还在想，自己今天是否表现得太过笨拙。

34

娜塔莉团队里成员的星座

克洛伊：天秤座

*

让-皮埃尔：双鱼座

*

阿尔贝特：金牛座

*

马库斯：天蝎座

*

玛丽：处女座

*

伯努瓦：摩羯座

第二天早上，她向克洛伊匆匆道歉，但没有多讲什么。在办公室，娜塔莉是老板，是一个女强人。她只是简单地说，她觉得自己现在暂时还没法跟人约会。"那真是可惜。"她年轻的同事叹道。这件事到此为止。该做别的事了。两人说完话，娜塔莉在走廊上待了一会儿，然后回到办公室。在那里，所有文件终于向她暴露出它们真实的面目：一堆废纸。

她从来都没有彻底地告别声色世界，从来都没有真的停止展现女性魅力，包括想要寻死的时候。这或许是为了向弗朗索瓦致敬，或许只是觉得有时候需要化化妆才会让自己显得有生机。他去世已经三年了。那是把生活化为乌有的三年。常常有人劝她摆脱记忆，这也许是停止活在过去的最好办法。她反复去想这个说法：摆脱记忆。怎样才能做到摆脱记忆呢？就个人物品来说，她接受了这个说法。她再也承受不了那些他触碰过的东西出现在视野里。于是,属于他的东西几乎什么也不剩了,除了这张放在她办公室大抽屉里的照片,一张像是被她遗落的照片。她经常去看这张照片,似乎是为了让自己相信这段往事真的存在过。抽屉里还有一面小镜子。她拿起了镜子,端详自己,就像某个初次见到她的男人那样看着。她站起身,走起路来。双手搭在腰间,在她的办公室里来回走着。因为铺着地毯,人们听不到她的高跟鞋发出的声音。机织割绒地毯扼杀了性感。可谁会发明出这种地毯呢?

36

有人在敲门。动作很轻,只用两根手指。娜塔莉吓了一跳,刚才的几秒钟简直让她觉得世界上只有她一个人。她说:"请进。"马库斯进来了。这位同事来自乌普萨拉①,一座没几个人感兴趣的瑞典城市。就连乌普萨拉的居民都为此感到很难为情,说起自己

---

①当然,乌普萨拉也能诞生英格玛·伯格曼那样的名人。不过,看他的电影也会让人想象出这座城市的氛围。——原注

城市的名字来都不好意思。瑞典拥有全世界最高的自杀率。而自杀的一个替换选项，就是移民到法国，马库斯大概就是这么想的。他的外貌不怎么赏心悦目，但也算不上丑。他的穿着总有点与众不同，那套行头不知道是来自他以马忤斯的祖父家，还是某个时尚的旧衣店。整体搭配在一起没有章法可循。

"我是来和您谈谈一一四号业务的。"他说。

穿着如此奇葩，还要说这么蠢的话吗？娜塔莉今天完全没有心情工作。这是她好久以来第一次有这种感觉。她感到心灰意冷，简直可以动身去乌普萨拉度个假了。她注视着站在那里一动不动的马库斯。马库斯此时正满目惊叹地注视着她。在他心目中，娜塔莉代表着一种高高在上、遥不可及的女性，又被寄寓了某些男人会对女上司产生的种种幻想。这时，娜塔莉决定走向他，慢慢地走，真的很慢，慢到足够让人在这段时间里读本小说。她看起来不想停下来，就快要贴到马库斯的脸了，他们的鼻子就要碰到一起了。瑞典人屏住了呼吸。她想要干什么？他没有时间在脑海中从容表述这个问题了，因为她此时已经开始用力吻他。一个长长

的激烈的吻,充满了属于青春期的激情。突然之间,她向后退去:

"一一四号业务,咱们以后再说。"

她打开门,然后请马库斯出去。他艰难地走出去了。他就像是登上了月球的阿姆斯特朗。这个吻可是他人生的一大步。他在办公室门口站了一会儿,一动不动。而娜塔莉呢,她此时已经完全忘记刚发生的事情了。这一行为和她人生里其他的行为毫无关联。这个吻是她的神经元突然爆发的无政府行动,是人们所说的那种"无动机行为"。

37

机织割绒地毯的发明

似乎很难弄清楚是谁发明的机织割绒地毯。根据《拉鲁斯词典》的定义,机织割绒地毯不过是一种"按米出售的地毯"。

这个定义足以说明它可悲的处境。

38

马库斯是个准时的男人,喜欢每天在七点一刻准时到家。他对巴黎大区地铁快线的运营时刻表了如指掌,就像其他男人熟悉妻子最喜爱的香水一样。如此一成不变的日常生活并不令他感到烦闷。他甚至觉得和每天遇见的那些陌生人成为了朋友。这天晚上,他想要大喊大叫,想要把他的经历告诉所有人,告诉他们娜塔莉的嘴唇吻在了他的嘴唇上。他想要起身,在下一站就下车,只是为了让自己感觉打破了习以为常的生活。他想要当个疯子,可这个想法恰恰证明他并不是疯子。

下车后往家走的路上,他的脑海中重现了在瑞典度过的童年画面,一闪而过。在瑞典度过童年就跟在瑞士度过老年一样,乏善可陈。但不管怎样,他还是重新想起了坐在教室最后一排、只为了看女生背影的那些时光。在那些年里,他对克里斯蒂娜、潘妮拉、乔安娜以及许多名字以 A 结尾的女孩的颈背着迷,完全无法移情别恋到名字以其他字母结尾的女孩身上。他如今已经记不得她们都长什么样了。但他渴望重新见到她们,只为了告诉她们娜塔莉吻了他。告诉她们,她们当年根本是有眼无珠,看不到他的魅力。啊,生活如此甜蜜。

来到自己的楼门前,他犹豫了起来。我们的生活里充斥那么多要熟记的数字:手机号码、上网密码、银行密码……因此难免会有搞混的时候。比方说,想进楼门的时候,却输入了电话号码。马库斯是个条理十分清晰的人,一直觉得这类糊涂事一定不会发生在自己身上,但这天晚上,他还真就遇上了这样的状况。他怎么都记不起楼门的密码。他尝试了好几种数字组合,都无济于事。早上还记得好好的,晚上怎么就能忘了呢?铺天盖地的信息终将不可避免地让人失忆吗?终于,一个邻居到了,站在楼门的边上。他本可以立刻输密码开门,但却想要充分享受一下此刻的优越感,他的眼神仿佛在宣告:记得密码是男子汉的标志。终于,他开了门,还装模作样地说:"您先请。"马库斯想:"蠢货,你不会知道我脑子里在想什么。我想着的东西如此美妙，抹掉了这些没用的数据……"他走上楼梯，旋即忘掉了刚才不愉快的小插曲。他还是觉得自己轻飘飘的，脑中循环播放着亲吻的场景。这个场景在他的记忆里已经被奉为神片。他终于打开了公寓的门，发觉比起他对生活的渴望来，他的客厅实在太小了。

39

马库斯的楼门密码

A9624

40

第二天一大早，马库斯就醒来了。他醒得太早，甚至无法确定自己到底有没有睡着过。他急不可耐地等待着日出，像是等待着一个重要的约会。今天会发生些什么呢？娜塔莉的态度会是怎样的呢？而他又该怎么做才好呢？有谁会知道，在一位美女无缘无故地吻了自己之后该怎么办？他的心里满是问号，而这从来不是个好征兆。他应该冷静地呼吸（……），并且（……），对了，就像这样（……），很好（……）。他最后对自己说，这只是再平常不过的一天。

马库斯喜爱阅读，这是他和娜塔莉之间一个很妙的共同点。他利用每天坐地铁快线的时间来满足这个爱好。他最近买了很多书，眼下得选一本来伴他度过这个大日子。其中有一本是一个他很喜欢的俄国作家写的，比起托尔斯泰和陀思妥耶夫斯基，这个作家的读者要少得多，也不知道是因为什么，不过这本书实在太厚重了。他想读点散文，最好是能让他随意翻阅的，因为他知道自己今天无法集中精力。因此他选择了齐奥朗的《苦涩三段论》。

一到公司，他就尽可能地待在咖啡机旁。为了看起来自然一点,他还喝了好几杯咖啡。一个小时之后,他开始觉得有些过于兴奋了。黑咖啡和不眠夜从来不是个好组合。他去了趟洗手间,发现自己面色发灰。他回到了办公室,今天没有安排与娜塔莉能见面的任何会议。也许他应该直接过去找她,拿一一四号业务当借口?可一一四号业务真的没什么好说的。那样会显得很蠢。他再也忍受不了自己如此纠结了。说到底,应该她过来才对!是她吻的他。人们无权做了这样的事却不给任何解释。这就好比偷了东西以后飞快溜走。没错,就是这样:她从他的嘴唇间飞快溜走了。不过,他也知道她是不会过来找他的。甚至,她有可能已经忘掉了那一刻,对她来说,那也许只是个无动机行为?他的直觉一向很准。他感受到了这种可能性中蕴藏的可怕的不公平:为什么亲吻这一行为对她来说可以是免费奉送①,而对自己来说却价值连城?是的,那是无价之宝。这个吻就在那里,在他的身上驻留,在他的体内游走。

---

①形容词 gratuit 在法语中有"无偿的、免费的、无理由的、无动机的"等含义,此前提到的"无动机行为"可参见纪德小说《梵蒂冈地窖》。

41

古斯塔夫・克里姆特作品《吻》的赏析片段

克里姆特的大部分作品都可以引发多种诠释,但是,从他早期在贝多芬雕像装饰壁画和斯托克莱特公寓壁画中对情人拥吻这一主题的使用可以看出,《吻》表现了人类追求幸福的终极实现。

42

马库斯没法集中注意力。他想要一个解释,而眼下只有一个办法:制造一个偶遇。他要在娜塔莉办公室前走来走去,有必要的话可以走上一整天。她迟早会出来的,然后,哦……这么巧啊,他刚好路过她的办公室。快到中午的时候,他已经满头大汗了。他突然想到:"我今天状态不好!"要是她在此刻出来,会看到一个汗流浃背的男人在走廊上无谓散步消耗时间,他会被当作一个无动机行走的人。

　　吃完午饭以后,他早卜的想法又重占上风。他原本的策略是对的,就应该继续这样走来走去。这是唯一的解决办法。可是,一边只是在走,一边还要假装走向什么地方,真的很有难度。他要看上去全神贯注,目标明确;还要假装行色匆匆,这可是难上加难。快下班的时候,他已经精疲力竭,这时,他遇到了克洛伊。她问他:

　　"你没事吧? 怎么看上去怪怪的……"

　　"没事没事。我只是在活动一下腿脚。这能帮助我思考。"

　　"你还在对付一一四号业务吗?"

　　"是的。"

　　"还顺利吗?"

　　"是的,还好,差不多。"

　　"跟你讲,我对一〇八号业务可有点担心。我想和娜塔莉谈谈,可是她今天不在。"

　　"啊,是吗? 她……她不在?"马库斯问。

"不在……我想她今天应该去外省出差了。好吧，我先走了，我要想办法解决这个问题。"

马库斯呆在原地，没有反应。

他今天走了这么多路，都够走到外省了。

43

马库斯在火车上读的齐奥朗《苦涩三段论》

爱的艺术？

是将吸血鬼的情欲和银莲花的谨慎合为一体。

*

每个欲望里都隐含着僧侣与屠夫的搏斗。

*

精子是纯粹的强盗。

44

　　第二天,马库斯怀着截然不同的心情来到办公室。他不知道自己昨天怎么会表现得那么古怪。真不知道自己是怎么想的,那样来来回回地走。那个吻把他弄得心慌意乱。的确,他近来的感情生活十分平淡,但这不是让他变得如此幼稚的理由。他应该保持冷静。他还是想向娜塔莉要个说法,但他不再尝试假装巧遇的把戏了。他要直接去找她。

　　他有力地敲了敲办公室的门。她说"请进",他一鼓作气地进去了。这时,他却碰上了一个大难题:娜塔莉去做过头发了。马库斯一直对头发十分敏感。而此刻,这个场景让他手足无措。娜塔莉秀发披肩,美艳动人。要是她能像时常有的那样把头发扎起来就好了,那样的话,一切就会简单得多。可是此刻,面对着她满头飘逸的秀发,他一句话也说不出来。

　　"马库斯,怎么了?"

他回过神来,终于脱口而出:

"我很喜欢您的头发。"

"谢谢。"

"不,我是说真的,我好爱您的头发。"

娜塔莉被这一大早的表白惊到了。她不知道应该微笑还是不好意思。

"嗯……所以呢?"

"……"

"你来找我总不会是专门为了夸我的头发吧?"

"不是……不是……"

"那是什么? 我听着呢。"

"……"

"马库斯? 还在听吗?"

"是的……"

"所以?"

"我想知道您为什么吻了我。"

亲吻的画面重新回到她记忆的前景。她怎么能把这事给忘了呢？画面渐渐重现,她禁不住厌恶地撇了撇嘴。她是疯了吗？三年来,她从来没有接近过任何男人,甚至连想都没想过会对谁产生兴趣,而现在,她竟然吻了这个无关紧要的同事。他在等一个答案,这完全可以理解。时间在一点点过去。必须要开口说些什么。

"我不知道。"娜塔莉轻声说。

马库斯想要的是一个答案,哪怕是一个拒绝,但绝对不是这句毫无意义的话。

"您不知道?"

"是的,我不知道。"

"您不能就这样把我晾在一边。您必须给我个解释。"

没有什么好解释的。

这个吻就像是一门现代艺术。

45

卡西米尔·马列维奇一幅作品的题目

《白色上的白色》(一九一八年)

46

接下来,她开始思考:为什么会有这一吻？就是这样的。我们没法控制体内的生物钟,比如服丧期的生物钟。她想过死,她试着呼吸,她成功地开始呼吸,然后开始吃饭。她甚至成功地重新开始工作,开始微笑,表现坚强,表现合群,重展女性魅力,然后,她跟跟跄跄踏上重振旗鼓之路,时间一天天地过去,直到她走进那间酒吧的那一天。但她逃跑了,她再也无法承受男女交往暧昧调情那套把戏,确信自己不可能再对任何一个男人有兴趣,然而第二天,她却如此这般在机织割绒地毯上踱步,这源自一种模糊不清的冲动,她感觉到自己的身体是欲望的对象,感觉到自己凹凸有致的曲线,她甚至遗憾不能听到自己高跟鞋的声音,这一切都来得那么突然,一种感觉、一种光明的力量毫无征兆地破壳而出了。

马库斯是在这个时候走进她办公室的。

确实没什么别的要说了。我们的生理时钟就是这么毫无理性。这就像失恋一样:我们不知道什么时候才能走出来。在最痛苦的时刻,我们会觉得伤口永远都不会愈合。然后,某个早上,我们会惊讶地发现,那种可怕的重量在身上感觉不到了,创痛消失得无影无踪。为什么会是这一天?为什么不是晚一天,或是早一天?这是我们的身体独断专行作出的决定。对于那次亲吻的冲动,马库斯不应该去寻找具体的解释。它只不过是在对的时间发生了。其实,大部分的故事往往都可以简单概括为时间对不对的问题。马库斯一生中错过了那么多的事情,刚刚发现自己还有能力在对的时间出现在一个女人的视野之中。

娜塔莉读到了马库斯眼里的绝望。最后一段对话结束后,他缓缓地离开了。没有发出任何声响,像一本八百页的小说里的一个分号那样悄无声息。她不能就这么让他走了。她对自己这么做感到十分愧疚。此外,她想到,这是个很不错的同事,待大家都很客气,要是真的伤害到他会让自己愈发不安。她又打电话叫马库斯来办公室。他带上了一一四号业务材料,夹在臂下,担心娜塔莉万一是为了公事找他。但他一点儿也不在乎这个一一四号业务。在去见娜塔莉前,他还绕路去了趟洗手间,在脸上扑了点水。他打开门,很好奇娜塔莉会说些什么。

"谢谢你能过来。"

"不用谢。"

"我想说声抱歉。我刚才不知道该回答什么。坦白地告诉你,我现在更不知道了……"

"……"

"我不知道我是怎么了。这一定是生理冲动……但我们是同事,我必须说这么做非常不恰当。"

"您说话像个美国人。这从来都不是什么好兆头。"

她笑了。这真是个奇特的回答。这是他们第一次谈工作以外的事情。她发现了马库斯真实性情的蛛丝马迹。不过她得继续说下去：

"我以一个六人团队负责人的身份在说话，而你正是这个团队的一员。那天你进来的时候，我正在梦境之中，没能把握到那一刻的真实所在。"

"但那是我生活中最真实的一刻。"马库斯不假思索地抗议。这是发自他内心的声音。

看来，事情不会那么简单，娜塔莉想，最好能结束这次谈话。于是她迅速地这么做了。有些生硬。马库斯似乎还没有反应过来。他在她办公室里站着没动，他想要离开，却没有力气。说实话，十分钟前她叫他来的时候，他还以为也许她又想吻他了。他一直云里雾里做着这个美梦，但现在他刚刚明白，彻彻底底明白，他们之间再不会发生什么了。他是在痴心妄想。她就是吻了他一下而已。这让人很难接受。就像有人给了你幸福,又马上收回去了。他真希望自己从来没尝过娜塔莉双唇的味道。真希望自己从来没有经历过那一刻,因为他清楚地意识到,他需要好几个月的时间才能从那几秒钟里恢复过来。

他走向门口。娜塔莉惊讶地看到马库斯的眼眶里含着一滴泪。这滴泪还没有流下,等到了走廊上才得以释放。马库斯想要强忍住泪水。尤其不要在娜塔莉面前流泪。这太蠢了,但这滴就要落下的泪确实来得毫无预兆。

这是他第三次在女人面前流泪。

47

一个波兰哲学家的思想

有些对的人,我们却在错的时间遇到。

而有些人之所以是对的,是因为我们在对的时间遇到。

48

马库斯泪光里的爱情小故事

首先,要排除掉马库斯童年的哭闹,比方说在妈妈或是在学校女老师面前掉的眼泪。这里只讲马库斯在个人感情上流过的泪。说起来,在他竭力在娜塔莉面前忍住的这滴泪之前,他还哭过两次。

第一次流泪要追溯到他在瑞典生活的时光,是为了一位与碧姬这个好听的名字很相称的女孩子。这个名字不怎么像瑞典人名。那又怎样,碧姬·芭铎是没有国界的。碧姬的父亲一辈子都以这位法国女星为幻想对象,他能想到的最好办法,就是给她女儿取了同样的名字。给自己女儿取名来向自己的性幻想对象致敬,这种行为的心理学风险我们在此略过不提。碧姬的家事对我们来说也无关紧要，对吧？

碧姬属于那类崇尚准确的奇女子。在每一个话题上，她都能够发表头头是道的见解。对待她的外貌也从来没有马虎过：每天早上，她从起床起就容光焕发。她对自己充满自信，永远都坐在第一排，有时还会施展一下魅力，让男老师分心，害得他讲偏了地缘政治的关键所在。只要她踏进一间教室，男生会立刻梦想得到她，女生则会本能地讨厌她。她成了所有性幻想的话题人物，而这最终让她感到十分不快。她突发奇想，想要为这番群情激昂降降温，便决定和最不起眼的男生约会。这样一来，男生们就会惊心，女生们则会放心。马库斯幸运地被选中，却搞不明白为什么世界的中心会突然对他产生兴趣。这就好比美利坚合众国邀请了列支敦士登共进午餐一样。她不吝溢美之词，宣称常常偷偷看他。

"但是你怎么看得到我呢？我一直坐在教室最后面，而你总是坐在第一排。"

"我的脖子会告诉我一切。我的脖子长了眼睛。"

他们的情意就从这段对话中滋生了。

这样的情意引起议论纷纷。晚上，他们两个并肩离开学校的时候，所有人的目光都错愕不已。那时候，马库斯对自我还没有清晰的认知。他知道自己长相并不出众，但不会因此觉得和一个漂亮的女孩在一起有什么异乎寻常。一直以来，他都听说："女人可不像男人那样肤浅，外形对她们来说并不重要，关键是要又有学识又风趣。"为此，他学习了很多知识，并且努力展现他的内在才华。可说是小有斩获，这一点必须承认。于是，他脸上的坑坑洼洼也几乎被某种所谓的魅力填平了。

然而，一接触到性的问题，这种魅力就烟消云散了。碧姬在那一天肯定在自控方面做出了最大的努力，可是，当马库斯想要触摸她的酥胸的时候，她还是管不住自己的手，五根指头准确地落在了马库斯惊讶的双颊上。他回头对着一面镜子看了下自己的脸，惊愕地发现白色皮肤上泛起了红印。马库斯永永远远地记住了那片红色,从此看到这个颜色就会联想到拒绝。碧姬试着道歉,说她的动作是一时冲动,但马库斯听出了她没说出口的话。那是一种生理上的、本能的反应:他让她感到恶心。他看着碧姬,哭了起来。每个身体都有表达自己的方式。

这是他第一次在女人面前落泪。

他拿到了瑞典的高中毕业文凭,然后决定去法国生活。那个国度的女人不会像碧姬一样。在初恋中受了伤之后,他开始学会自我保护,觉得自己从今往后大概都会与感情世界绝缘。他害怕受到折磨,害怕因为各种原因没人要。他变得脆弱,却不知道脆弱是多么能够感动到一个女人。在三年孤独的城市生活之后,他对爱情感到绝望,决定参加一次速配约会。约会中,他会遇到七个女人,要跟每一位交谈七分钟。这个时间对于他这样的人来说实在是太短了:他深信至少需要一个世纪,才能说服一位异性跟他走上自己的人生小道。然而,奇怪的事情发生了。与第一位一见面,他就感到了某种契合。女孩名叫爱丽丝①,在一家药店上班②,有时会在那里主持美容工作坊的活动③。老实说,原因很简单:他们俩实在是被当时的情境弄得尴尬到了极点,反而都放松下来。就这样,他们的相遇十分简单自然。之后,他们频繁约会,将最初那七分钟不断延长。延长到好几天,延长到好几个月。

但他们的恋情没有撑过一年。马库斯十分欣赏爱丽丝,但并不爱她。尤其是,他并没有那么想要她。这是个残酷的方程式:好不容易有机会遇到一个不错的,他却完全不来电。难道人们就注定无法与圆满结缘吗?在两人交往的那些日子里,他的恋爱经验大有长进。他发现了自己的长处,和让别人爱上自己的能力。是的,爱丽丝疯狂地爱上了他。对于一个只享有过母爱(现在亦如

---

① 名叫爱丽丝却要参加这种活动来遇见男人,这很奇怪。通常,爱丽丝们都能轻而易举地遇到另一半。——原注
② 名叫爱丽丝却在药店里工作,这很奇怪。通常,爱丽丝们都在书店或是旅行社工作。——原注
③ 到了这一步,我们不禁要问:她真的叫爱丽丝吗?——原注

此)的男人来说,这样的爱会让人产生不安。马库斯身上有一种十分温和动人的气质,交织着让人感觉安全的力量和让人心生爱怜的脆弱。正是这种脆弱让他不断拖延无法避免的事情:离开爱丽丝。但有天早上,他还是这么做了。年轻女孩的痛苦在他身上留下一道深深的伤口。也许比他自己的痛苦还要深。他无法抑制自己的眼泪,但他知道这是个正确的决定。他宁愿孤独一人,也不愿看到两颗心之间的沟壑越掘越深。

这是他第二次在女人面前流泪。

将近两年来,他的生活一片空白。他有时会怀念爱丽丝,特别是在新的几轮速配约会都令他十分失望的时候。有些女孩甚至懒得跟他说话,他感到备受羞辱。于是他决定不再参加了。也许他只是放弃了谈恋爱的念头?他甚至会觉得这件事不再有什么意思。毕竟,世界上的单身汉成千上万,他也可以不需要一个女人。但是,他这么想只是为了宽慰自己,为了不再去想自己的境遇有多糟糕。他多么渴望有个女人对他以身相许。有时候,想到这一切有可能从此都与他无缘,想到永远都不可能得到美人的青睐,他简直痛不欲生。

　　然后,娜塔莉突然吻了他。她是他的上司,又是他显而易见的幻想对象。之后,她向他解释,说这一切根本不存在。那就这样吧,他只能面对。其实也没什么大不了的。可他却哭了。没错,眼泪从他的眼眶里流了下来,他对此十分惊讶。那是一滴意料之外的眼泪。他就那么脆弱吗?不,不是这样的。比这艰难得多的情境他也遭遇过。只是这个吻让他尤为心动。自然是因为娜塔莉很美,但更因为她这个行为的疯狂。从来没有人这样吻过他,在没跟他的嘴唇约好的情况下就吻他。这种魔力曾让他感动得几近落泪,然而此刻,竟让他切实落下浸满失望的苦涩泪水。

49

　　星期五晚上下班时,他很高兴能在周末让自己有所躲避。他把星期六和星期天当成两块厚厚的毛毯。他裹在里面什么也不想做，甚至连阅读都没有勇气。于是，他待在了电视机前，观看了一场十分精彩的演出：法国社会党第一书记选举。第二轮选举在两位女士之间进行：玛蒂娜·奥布里和塞戈莱纳·罗亚尔。在此之前，他从来没有真正关心过法国政治。但这轮选举真是激动人心。更准确地说，这轮选举给了他启示。

　　选举结果在星期五深夜揭晓了。但没人能真的说出是谁赢得了选举。清晨时分，电视台终于宣布玛蒂娜·奥布里以四十二票微弱优势获胜。马库斯对如此小的差距感到十分震惊。塞戈莱纳·罗亚尔的支持者则愤怒地抗议："我们不能眼睁睁地看着我们的胜利被偷走！"这句话真是绝了，马库斯心想。输家继续抗议，质疑这个结果。必须说明的是，星期六的新闻似乎证实了他们的说法，因为舞弊和错漏的情况被揭发了出来。双方的得票差距越来越小。马库斯完全被这件事情所吸引了，专心听着玛蒂娜·奥布里的声明。她以社会党新任第一书记的身份讲话，但事情并不会那么简单。当晚,塞戈莱纳·罗亚尔出现在电视新闻的演播台上,宣布她也是下一任第一书记。两位女士都宣布自己是赢家!马库斯折服于这两位女士的坚定,尤其是第二位,尽管失败,还继续以非常强烈、甚至是超自然的意志力在战斗。他在这两个政治动物的坚毅中看到了他自己所欠缺的东西。正是在这个沉浸在社会党的悲喜剧之战的星期六夜晚,他决定自己要拼搏,决定不能和娜塔莉到此为止。就算她和他说了一切都已结束,他们之间没有任何可能,他还是要怀抱希望。他要不惜任何代价,成为自己人生的第一书记。

他的第一个决定很简单:以吻还吻。要是娜塔莉能不征求他的意见就吻他,那他为什么不能做同样的事情呢?星期一早上,他要在上班的第一时间就去找她,还给她一个吻。他要步伐坚定地走向她(这是该计划中最为复杂的部分:他从来都不擅长步伐坚定地走路),然后雄劲刚毅地搂住她(这是该计划中另一个复杂的部分:他从来都不擅长哪怕稍带些雄劲刚毅去做什么事情)。换句话说,这次进攻预计会十分复杂。但他还有整个星期天用来作准备,一个长长的社会党人的星期天。

50

塞戈莱纳·罗亚尔在以四十二票落后的时候发表的讲话

玛蒂娜,你真是贪得无厌,你就是不愿承认我的胜利。

51

马库斯站在娜塔莉办公室门前。到了该行动的时候,他却紧张得挪不开脚步。团队里的另一位同事伯努瓦刚好路过:

"你在干吗呢?"

"呃……我跟娜塔莉约了见面。"

"你觉得这么杵在她门口就能见到她?"

"不是……只是我们约的时间是十点钟……现在是九点五十九分……所以,你知道的,我不喜欢提前……"

同事走远了,回想起他曾在一九九二年四月的某一天在一家郊区戏院里看了一出萨缪尔·贝克特的戏剧。此刻,他感受到了同样的荒诞。

马库斯现在不得不行动了。他走进娜塔莉的办公室。她正在埋头看一份业务材料(也许是一一四号),此时立刻抬起头来。他步伐坚定地走向她。但事情从来都不会那么简单,接近娜塔莉的时候,他放慢了脚步。他心跳加快,剧烈颤动,犹如工会大游行中的齐声呐喊。娜塔莉疑惑着会发生什么。坦白说,她感到有些不安。不过她清楚地知道,马库斯待人十分和蔼体贴。他想要干什么?为什么他一动也不动?马库斯的身体就像一台因数据超载而死机了的电脑,情绪数据储存过多导致宕机。她站起身,问他:

"发生什么事了,马库斯?"

"……"

"你还好吧?"

他终于重新打起精神,来做他计划好的事情。他突然搂住娜塔莉的腰,用前所未有的力气抱住她吻了下去。娜塔莉还没来得及反应,马库斯就离开了办公室。

52

马库斯将强吻的一幕留在了身后。娜塔莉本来想要重新埋头看她的业务材料,但最后还是决定出去找马库斯。她感受到某种难以名状的东西。说实话,这是三年来第一次有人这样搂住她,不把她看作一件脆弱的物品。是的,说来有些荒唐,但她确实被这么一次闪电行动、被这近乎粗暴的雄性出击弄得心慌意乱。她来到公司的走廊上,问左右路过的同事马库斯在哪里。但没有人知道。他也没回他的办公室。于是,她想到了大楼的天台。这个季节里,没有人去那里,因为天太冷了。但她觉得他应该在那里。她的直觉很正确,他就在那里,站在墙边上,姿态十分镇定。他的嘴唇轻微地张合,显然是在呼气。他看起来像在抽烟,可是却不见香烟的踪影。娜塔莉静静地走近他:"我也是,我也时常到这儿来躲一躲。透透气。"她说。

马库斯看到她出现很惊讶。他从来没想过,在发生刚才的事情后,她还会来找他。

"您会着凉的,"他说,"而我甚至没有大衣可以借给您挡风。"

"那我们俩就一起着凉吧。这样起码在这件事上我们扯平了。"

"这样说很有意思吗?"

"不,没意思。我那么做也没意思……好吧,行了,不管怎么说,我又不是犯了什么罪!"

"那您对感官世界可真是一无所知。您吻了一下,然后就没下文了,这当然是犯罪。在干涸心灵的王国里,您就会被判刑。"

"干涸心灵的王国?……我还不习惯你这样说话。"

"一一四号业务当然不会让我诗兴大发。"

*

　　寒冷让他们的脸色都起了变化,并且突显了某种不公平。马库斯冻得脸色发青,近乎惨白,而娜塔莉的苍白却让她像一位神经衰弱的公主。

*

　　"我们最好还是回去吧。"她说。

　　"好……回去以后我们怎么办?"

　　"可是……够了,回去不用怎么办。我已经道过歉了,我们又不是要写小说。"

　　"为什么不呢? 我不会拒绝读这样一本小说。"

　　"好了打住吧。我甚至不知道我干吗要在这里和你说话。"

　　"好吧,打住。但得先吃一顿晚饭再说。"

　　"什么?"

　　"一起吃一顿晚饭。然后我保证再也不提这事了。"

　　"不行。"

　　"这是您欠我的……就吃顿饭。"

有些人就是有这种非同寻常的能力，能说出这样一句话，让别人没办法拒绝。娜塔莉在马库斯的声音中感觉到他是认真的。她知道接受下来会是个错误，知道现在就应该喊停，要不然就来不及了。但是在他面前，她完全拒绝不了。并且，她真的太冷了。

53

一一四号业务的具体内容

一九六七年十一月到一九七四年十月间，法国和瑞典两国农村地区对外贸易差额调控的比较分析。

54

马库斯回到了家，在他的衣柜前踌躇徘徊。跟娜塔莉吃饭时应该穿什么？他想穿他的三十一号装。但这个数字本身对于娜塔莉来说太渺小了,起码应该穿个四十七号,或是一百一十二号,或是三百八十七号。他用数字填满自己的脑子,好忘掉更重要的问题。他应该戴领带吗?没有人能帮他。他在这世上孑然一身,而娜塔莉就是他的世界。他平常对自己的着装品味相当自信,可如今却不知所措,也不知道该穿哪双鞋好。他真的不习惯在晚上打扮一番再出门约会。并且,这件事还是很微妙的,因为她同时也是他的主管,这又加重了他的压力。终于,他放松了下来,对自己说,外表并不一定是最重要的,他首先应该表现得轻松自在,谈到什么话题都能游刃有余。切记不能谈工作,一一四号业务更是连提都不能提。不能让下午的工作影响到他们的晚间约会。那么,他们之间还有什么可谈呢?人可做不到说变就变。他们会像两个屠夫出现在素食者的大会上。不,这太荒谬了。也许最好还是取消这次约会。现在还来得及。出现了不可抗力。是的,我很抱歉,娜塔莉。您知道的,我有多想去这次约会,但就在今天,妈妈死了。啊,不,这个不好,太残暴了。而且太加缪,用太加缪的方式取消约会不好。萨特,萨特就好多了。我今天晚上不能赴约,您懂的,他人即地狱。声音中带点存在主义的调调，会很像样。他一边胡思乱想，一边觉得，娜塔莉应该也正为了在最后一刻取消约会绞尽脑汁找理由。但目前还没有。再过一个小时就要约会了，还没有短信。她一定是在找理由，这是一定的，或者也许她的手机电池有问题，因此没法通知马库斯她来不了。他继续这样磨蹭了一会儿，还是没有消息，他怀着执行太空任务的心情出门了。

55

他选了一家离娜塔莉家不远的意大利餐厅。她答应跟他一起吃晚饭已经够给面子的了，他不想再劳烦她穿过整座城市。他到得早，就去对面的小酒馆点了两杯伏特加喝。他希望酒能给他壮壮胆子，也能让他有些微醺。然而，酒精没有发挥任何效果，他来到餐厅找了个位子坐下。因此，他见到准点到的娜塔莉时十分清醒。他很快就庆幸自己没有喝醉。他可不想让醉意破坏见到她出现时的愉悦心情。她向他走来……她是如此美丽……美得让人想到处都用上省略号……接着,他想到自己从没在晚上见过她。她在晚上也会存在,他几乎为此感到惊讶。他大概是以为,美貌会被收在盒子里过夜。可是事实并非如此,因为此刻她就在这里,在他的面前。

他起身跟她打招呼。她从没注意到过他是如此高大。看来公司的地毯把职员们都给变矮了,在公司外面,每个人看起来都更高。这个身材高大的第一印象会在她脑子里停留很久。

"谢谢你能来,"马库斯不由自主地说。

"不用谢……"

"不……是真的,我知道你工作很忙……特别是这段时间……要处理一一四号业务……"

她看了他一眼。

他尴尬地笑了。

"我其实已经下定决心不提工作的……老天啊,我真是可笑……"

轮到娜塔莉笑了。这是弗朗索瓦死后,她第一次处于要安慰别人的位置。这让她感觉很好。马库斯的尴尬中有一种动人的特质。她想起和夏尔的晚餐,想起夏尔自信满满的样子,觉得还是此刻比较自在。上次跟她共进晚餐的男人,当时看她的眼神,就像一个不用参加选举也知道自己稳操胜券的政客。

"还是别谈工作了。"她说。

"那谈些什么呢？谈我们的爱好？从爱好开始聊不错。"

"是……但这样找话题还是有点奇怪。"

"我觉得找话题是一个很好的话题。"

她很喜欢这句话,还有他说这句话的方式。她接着说:

"其实你挺有趣的。"

"谢谢。我看起来有那么阴沉吗?"

"有点……嗯。"她笑着说。

"聊聊我们的爱好吧。这个比较好。"

"我得跟你讲件事。其实我已经不再去想自己喜欢什么,不喜欢什么了。"

"我可以问个问题吗?"

"好啊。"

"你很怀旧吗？"

"不，我不觉得。"

"这对一个叫娜塔莉的人来说可真少见。"

"哦，是吗？"

"是的，娜塔莉们有一种明显的怀旧倾向。"

她再一次笑了。她已经不习惯这样了，但这个男人的话总是那么出人意料，永远都没法预料他下一句会说什么。她觉得他脑子里的话就像开奖前的乐透球一样咕噜乱转。关于她，他还有什么高论？怀旧。她认真地思考起自己是否怀旧。马库斯让她突然陷入了回忆里。她本能地想起了八岁的那个夏天，她和父母去美国旅游，穿梭在辽阔的美国西部，度过了美妙的两个月。这次度假中，她深深迷恋上了一种东西：皮礼士糖果。一粒粒小小的糖果被装在卡通人偶里。只要按一下人偶的头，糖果就会跑出来。这个小玩意成了那个夏天的标志。她之后再也没有见过了。娜塔莉提起了这段回忆，这时候服务生来了。

"两位想好点什么了吗？"他问。

"是的。我们要两份芦笋炖饭。甜点的话……我们要皮礼士。"马库斯说。

"什么?"

"皮礼士。"

"我们没有……皮礼士,先生。"

"那可真遗憾。"马库斯说。

服务生有些不爽地走开了。在他身上,职业素养和幽默感就像两条平行线。他不懂,这样的一位女士怎么会和那样一个男人在一起。他肯定是个制片人,而她是演员,一定是出于工作上的原因才和这么一个怪胎在一起吃饭。那个"皮礼士"又是个什么玩意?他一点都不喜欢这样含沙射影地拿钱说事①。他太了解这类有事没事总想贬损服务生的顾客了。不能就这样放过他。

娜塔莉觉得这顿晚餐变得有趣起来了。马库斯逗得她很开心。

----

①皮礼士糖果法语名为 Pez,服务生以为是 pèze,即钱的俗语,两者发音近似。

"你知道吗,三年来,这是我第二次出来约会。"

"我压力已经这么大了,你还想给我增加压力?"

"不不,一切都很好。"

"那就好。我得让你度过一个美好的夜晚,要不然你又要开始冬眠了。"

他们之间十分简单自然,娜塔莉感觉很自在。马库斯既不是一个朋友,也不是她想要玩暧昧的对象。他代表着一个舒服自在的世界,一个和她的过去毫无关系的世界。一顿不会戳痛她的晚餐的所有条件终于都具备了。

56

芦笋炖饭所需配料

阿波瑞欧米(或圆米)　200克

芦笋　500克

松子　100 克

洋葱　1 颗

干白葡萄酒　20 毫升

稀奶油　10 毫升

帕尔玛干酪丝　80 克

榛果油

盐

胡椒粉

*

帕尔玛干酪片所需配料

帕尔玛干酪丝　80 克

松子　50 克

面粉　2 汤匙

水　少许

57

马库斯以前经常观察娜塔莉。他喜欢看她穿着美得惊人的套装走在走廊的地毯上。现在她在幻想中的形象和现实中的形象合二为一了。和所有人一样,他知道她经历了些什么。然而他眼中看到的她一直是她所展现出来的形象:一个稳重又充满自信的女人。突然在工作以外的地方看到她,他觉得好像看到了她脆弱的一面。这的确十分难以察觉,但在某些瞬间,她放下了心防。越是放松,她的本性就越是流露出来。她的脆弱,她的痛苦带来的脆弱,矛盾地伴着她的笑容一起出现。出于跷板效应,马库斯开始扮演起强者甚至是保护者的角色。在她面前,他觉得自己风趣幽默又活力四射,甚至充满了男子汉气概。他真希望这几分钟内的能量能伴他一辈子。

在成竹在胸的外表下,马库斯还是没法不犯错。在点第二瓶酒的时候,他弄混了酒的名字。他假装精于此道,服务生却毫不留

情地讽刺他的无知,一报私仇。马库斯被惹得十分恼火,服务生上酒的时候,他便说:

"啊,谢谢您。我们正渴着呢。这杯敬您。"

"谢谢,您真客气。"

"不,这不是客气,瑞典有句俗话,人人都可随时换位,世事从来无常。您现在站着,有天就能坐下。而且,要是您愿意的话,我现在就站起来把位置让给您。"

马库斯突然起身,服务生不知所措。他尴尬地笑了笑,放下酒瓶。娜塔莉不太懂马库斯的意思,但她笑了起来。她喜爱这样突如其来的滑稽举动。让位给服务生,也许是让他回归原位的最好办法。她享受着这一心目中的诗意时刻。她发现马库斯身上有一点儿非常迷人的"东欧"气质。他这个瑞典人身上似乎有点儿来自罗马尼亚或者波兰的气息。

"你确定你是瑞典人?"她问。

"我真是高兴,你能问到这个。你不知道,你是第一个质疑我出身的人……你真是了不起。"

"当个瑞典人有这么艰巨吗?"

"你不知道。当我回国的时候,所有人都说我是个开心果。你能想象吗? 我,是个开心果?"

"真的很难想象。"

"在那儿,阴沉是一种使命。"

晚饭就这样继续着,两人时而对彼此有新发现,时而又自在得像老相识。尽管她计划早些回去,时间却已经到了半夜。他们周围的人都已离去。服务生努力用一种粗鲁的方式让他们明白该走了。马库斯起身去洗手间,并且结了账。做派相当潇洒。出了门,他提议打车送她回家。他可真是体贴入微。在她的公寓前,他一只手搭在她肩上,吻了她的脸颊。就在这一刻,他明白了自己早已知道的事情:他已经疯狂地爱上了她。娜塔莉觉得这个男人的每份关切都很细致。她真的非常高兴这一刻有他陪伴。她没法再想别的事情了。躺在床上的时候,她发了个短信谢谢他。然后她把灯关了。

58

娜塔莉在他们第一次共进晚餐后给马库斯发的

短信

谢谢你让我度过这美丽的夜晚。

59

他只回了"谢谢你让这夜晚如此美丽"。他想回些更有创意、更有趣、更感人、更浪漫、更有文采、更俄罗斯、更淡紫色的内容。但最终还是发了这条十分切合当下气氛的短信。躺在床上,他知道自己无法入睡:刚刚离开梦境,怎么又能回去呢?

他终于睡了一小会,但又被一阵焦虑惊醒。当约会进行得很顺利的时候,我们总是欣喜若狂。但渐渐地,你会清醒过来,思考下一步的发展。要是事情进展得不好，结果至少是一清二楚的：不会再见面了。但现在该怎么做好呢？晚餐中获得的所有自信和确定都在夜里消散。真不该闭上眼睛。这种感觉体现在一个简单的动作上。第二天一早，娜塔莉和马库斯在走廊上相遇。一个正要走向咖啡机，另一个刚从那儿回来。彼此尴尬地笑了笑后，他们有些做作地说了声早安。两人都说不出任何一个其他的词语，也找不到一则趣闻轶事来开始攀谈。什么都没有，甚至连没有也没有，甚至无法谈谈天气是多云还是晴朗，什么都没有，没有好转的希望。他们就在这窘境中告别。他们没有什么话要对彼此说。有人把这种情况称为高度兴奋之后的极端茫然。

在办公室里，马库斯努力让自己安心。情况不可能永远完美，这完全是正常现象。生活主要还是由诸如草稿、涂改和空白这样的时刻填充的。莎士比亚就只写主人公出彩的那些时刻。假使罗密欧与朱丽叶在度过一个美丽夜晚之后，第二天在走廊里相遇，一定也是无话可讲。这一切都无关紧要。应该把注意力放在未来。

这才是重要的事情。可以说,他处理得相当不错。很快,他的脑海中就满是关于约会和夜间活动的点子。他把这些全部记在了一张大大的纸上,就像一张作战攻略一样。他小小的办公室里,一一四号业务已经不复存在,一一四号业务已被娜塔莉号业务取代。他不知该向谁吐露心声,向谁寻求建议。他和好几个同事关系都不错,特别是贝尔蒂埃,时不时地还能说上几句心里话。但绝对不可能和公司里的任何人谈论娜塔莉的事。他的犹豫不决必须要埋在沉默里。是的,在沉默里,但他害怕自己强烈的心跳会发出太多声响。

他浏览了建议如何浪漫约会、乘船漫游(但天很冷)或是看戏剧(但剧院里通常很热而且他讨厌戏剧)的所有网站。他找不到任何有趣的东西。他怕那些点子会显得太隆重,又或是不够隆重。换句话说,他对她想要什么、在想什么一无所知。她很可能根本不想再见到他了。她已经答应和他一起吃过一次晚餐,也许这就完了。她做到了让晚餐进展顺利。然后一切都结束了。承诺只在承诺的时间里生效。但不管怎样,她还是发过短信感谢马库斯让她度过一个美丽的夜晚。是的,她用了"美丽"。马库斯喜欢这个词。这可不是随便说说的。一个美丽的夜晚。她本可以写:"一个美好的夜晚",但没有,她选了这个词:"美丽"。"美丽"可真美啊。的确,多么美丽的夜晚。让人联想到有着长裙和马车的那个伟大的时代。"我这是在想些什么呢?"他一下子激动起来了。必须要开始行动,停止胡思乱想。是的,这个"美丽"很美,但这对他来说毫无用处,现在要向前进,要继续下去。哦,他好绝望。他一点想法也没有。昨天的轻松自如只不过持续了一个晚上。不过是假象而已。如今,他做回了那个微不足道、一无可取的男人,那个对于和娜塔莉的第二次约会毫无头绪的男人。

有人敲门。

马库斯说"请进"。出现在眼前的正是给他发短信、感谢共度一个美丽夜晚的那位。是的,娜塔莉站在眼前,真真切切。

"还好吧，我没打扰你吧？你看起来全神贯注的。"

"呃……没有……没事，我很好。"

"我想请你明天陪我去看戏剧……我有两张票……要是你……"

"我很喜欢戏剧。非常乐意。"

"那太好了。明晚见。"

他也轻声说"明晚见"，但已经太晚了。他的回答飘在空中，找不到耳朵可以降落，显得好尴尬。马库斯身上的每一颗粒子都感到极度的幸福。在欣喜若狂之中，他的心欢乐地在体内四处乱窜。

这幸福以一种古怪的方式让他变得严肃起来。在地铁上，他观察着车厢里的每一个人，所有这些被日常生活束缚的人，他不再觉得自己是他们之中的一个无名小卒。他站在那里，比以往任何时候都更清楚自己喜欢女人。一到家，他就开始一如既往地做这做那。但他没什么心思吃饭。他躺在床上，翻了几页书，然后熄了灯。可问题是他无法入睡，就像娜塔莉第一次吻了他之后的那个晚上一样。娜塔莉截断了他的睡眠。

60

克劳酸剂量使用说明

适用症状：成人的暂时性疲倦状态。

61

这一天过得平平淡淡，甚至还有个团队例会，完全正常，没有人能想到晚上娜塔莉会和马库斯出去看戏。这种感觉真好。职员们都喜欢揣些秘密，建立些地下情，过不为人知的生活。这让他们的职场生活平添了几分刺激。娜塔莉有种公私分明的能力，但发生在她身上的悲剧让她在有些方面变得有些麻木。她机械地主持着会议，几乎要忘了这天晚上还有个约会。马库斯想在娜塔莉的眼中寻到一丝特别的关注，一点默契的表示，但这些并没有被编排进娜塔莉的机械化运作里。

同样，克洛伊也希望其他同事偶尔能察觉到她和上司之间的特殊关系。她是唯一一个能和娜塔莉说上几句体己话的人。自从娜塔莉上次从酒吧出逃以后，克洛伊还没找到机会再约她出去。她清楚和上司保持这种关系会带来的风险：见证上司的脆弱一面很可能会反过来对自己不利。这就是为什么她很注意厘清公私，严格遵守等级制度。下班时，她过来见娜塔莉：

"您还好吧？上次以后我们都没怎么讲过话了。"

"是啊，这都是我的错，克洛伊。不过上次很愉快，真的。"

"啊，是吗？您逃得飞快，还说很愉快？"

"是的，我向你保证。"

"那就好……您想今天晚上再去那儿吗？"

"啊，不，很抱歉，我去不了。晚上我要去看戏。"娜塔莉这么说的时候，就像是在宣告一个绿色婴儿的诞生。

克洛伊不想表现得太过惊讶,但这太值得惊讶了。最好还是不要强调如此宣告有多么重大的意义,就好像什么事情都没发生一样好了。回到办公室,她又待了一会儿,整理整理文件,查查电邮,然后她穿上大衣准备离开。走向电梯的时候,她被一幅不可思议的画面惊呆了:马库斯和娜塔莉正一起离开。克洛伊接近他们,同时留心不被他们发现。她的耳边仿佛飘过了"剧场"两个字。她即刻就体会到了一种难以定义的感觉,某种不适、甚至是恶心的感觉。

62

剧院里的座位很挤,马库斯坐得实在是不舒服。他懊恼自己的腿太长,不过这种懊恼完全是徒劳的[①]。还有一件事让他更为煎熬:他最想看却看不到的是坐在身旁的女人,没有什么比这更

①没有地方可以出租短腿。——原注

糟的了。精彩的演出在他的左边,而不是在台上。至于台上演的是什么,他对此没什么兴趣,尤其因为他们看的还是一出瑞典戏剧!她是故意的吗?而且这个作者还在乌普萨拉上过学。还不如干脆去他父母家吃顿饭得了。他太心不在焉,没搞懂情节是什么。自然,散场后他们会谈论这出戏,到时候他未免会显得呆头呆脑的。他怎么能忽略这一点呢?必须要聚精会神,准备几句颇有见地的评论。

演出结束时,他很惊讶自己竟然深受感动,也许这感动源自他的瑞典出身。娜塔莉看起来也很高兴。但在剧院里是很难判断这一点的:有时,人们看起来很高兴,其实只是因为一场长长的折磨人的演出终于结束了。一出门,马库斯就想发表自己在看第三幕时构想出来的见解,但被娜塔莉迅速打断:

"我觉得我们现在应该放松放松。"

马库斯以为说的是放松腿脚,但娜塔莉明确地说:

"去喝一杯吧。"

原来放松是这个意思。

63

娜塔莉和马库斯第二次约会所看斯特林堡戏剧

《朱莉小姐》（法文版翻译：鲍里斯·维昂）

选段

小姐　我应该听您的吗？

约翰　就这么一次。是为了您好！求求您了！夜深了,睡意

　　　　让人迷醉,头脑发热！

64

这时,事情发生了决定性的转折,一件无足轻重的小事演变成
了一起重大事件。一开始,一切都和他们初次约会时一模一样。

马库斯魅力依旧,甚至更上层楼。他优雅从容,用最不瑞典的方式微笑,几乎笑出了西班牙式的风采。他一连讲了几个有趣的轶闻,巧妙地引经据典,同时穿插进个人观感,从私密的小我成功过渡到普世的范畴。他可亲可近地展示着一个善于社交的男人的非凡风采。但在从容不迫的外表下,他突然感到一阵焦虑就要让他偏离正轨:感伤在他的眼前出现。

一开始,不过是一点点,像是某种怀旧。但不,靠近一点,就会看清感伤那淡紫色的外衣。再贴得近一些,某种忧郁的本质就显现了出来。片刻之间,似乎受到某种病态而可悲的冲动驱使,他感到自己面对着这个夜晚的虚无实相。他自问:为什么我要努力表现出最好的一面?为什么我要逗她笑?她是那样无法接近,为什么我还要拼命讨她欢心?过去那个犹豫不决的自己突如其来地再次攫住他。但这还没完。他心中已经萌发的退意此时又受到重重一击:他把红酒打翻在了桌布上。他本来完全可以把这件事当作单纯的笨手笨脚,也许还挺迷人的,因为娜塔莉一直都对笨手笨脚

134

的男人心怀好感。但此刻，马库斯已经没心思想她了。他把这件微不足道的小事当作一个不祥的征兆：红色出现了，他人生中阴魂不散的红色。

"没什么要紧的。"娜塔莉注意到马库斯面如土色。

不是要紧不要紧的问题，简直就是个悲剧。红色让他想起碧姬。想起这世上抛弃过他的女人们。那些冷嘲热讽在他耳边嗡嗡作响。所有那些难堪的画面重新浮现在眼前：在校园里被人嘲笑，在兵营中被人捉弄，在旅途中受骗上当……白桌布上的红酒渍染出的就是这一幕幕回忆。他觉得大家都在打量自己，在他背后指指点点。情场好手的外衣他穿起来晃晃荡荡。没什么能让他停止目前的这种偏执妄想，这妄想最初只来自一点感伤，以及逃回过去的简单愿望。但在这一刻，当下却已完全不复存在。娜塔莉只是一道影子，一个代表着女性世界的幻象。

马库斯起身，站在那里，沉默了一刻。娜塔莉看着他，不知道他会说些什么。他会开始搞笑吗？他会变得阴郁吗？最后，他平静地说：

"我还是先走吧。"

"为什么？就因为酒吗？可是……谁都会碰上这种事啊。"

"不……不是因为这个……只是……"

"只是什么？因为我太无聊？"

"不……当然不是了……你就算是死了，我也不会觉得你无
聊……"

"那因为什么？"

"没什么。只是我太喜欢你了。我真的喜欢你。"

"……"

"我只有一个心愿，就是再吻你一次……但我完全不觉得你会
喜欢我……所以我觉得我们还是不要见面了……我一定会很痛
苦，但这样，痛苦会来得更轻缓一些，原谅我这么冒昧地说……"

"你一直都在思考这些吗？"

"怎么能做到不思考？怎么能做到就这样在这里，简简单单地
面对你？你知道怎么做到吗？"

"面对我?"

"你看,我说的话可真蠢。我还是先走了吧。"

"我想让你留下。"

"留下来做什么?"

"我不知道。"

"你现在和我在一起在做什么?"

"我不知道。我只知道我和你在一起感觉很好,你对我很坦率……关怀……体贴。我明白这是我需要的,就是这样。"

"就是这样?"

"这还不够吗?"

马库斯还是杵在那里。娜塔莉也站了起来。他们就这样一动不动,在不确定中凝固了片刻。人们纷纷转头看他们。人站着的时候保持静止不动是很少见的。也许该回想一下马格里特的那幅画,一群男人如钟乳石一般从天而降。两人目前的姿态中稍有些比利时画派的味道,当然,这样的画面并不是最让人安心的那种。

65

马库斯抛下娜塔莉,离开了咖啡馆。在渐入佳境的一刻,他反而落荒而逃。娜塔莉搞不懂他的态度。她本来有个美好的夜晚,如今她却对马库斯很生气。马库斯光彩四射却不自知。他唤醒了娜塔莉,促使她开始对自己发问。他说想吻她。就只是这样吗?那她想要吻他吗?不,她不这么想。她不是特别想……但这也没什么要紧的……为什么不呢……她觉得他很有见识……并且风趣……可为什么要走呢?蠢货。现在,一切都搞砸了。她大为光火……真是个蠢货,没错,就是个蠢货,她喃喃自语,引得咖啡馆里其他客人纷纷侧目。她眼下成了被一个不起眼的男人抛下的大美女。她甚至没有意识到这些目光。她一动不动地站在那里,为自己不能控制局面、无法挽留他、又不懂得他而沮丧气恼。她不该自怨自艾,她什么也做不了。马库斯太想要她,才无法再留在她身旁。

回到家,她就拨了他的电话号码,但在响铃前就挂掉了。她还是希望他能主动打过来。不管怎么样,是她主动张罗的第二次约会。他至少应该谢谢她。给她发条短信。她待在那里,守候在电话机前,这是她很久以来第一次体验守候的滋味。她无法入睡,给自己倒了点酒。放起了音乐。是阿兰·苏雄,这是她爱跟弗朗索瓦一起听的一首歌。她简直不能相信,自己竟然能够这样听着这首歌,却没有崩溃。她继续在客厅里转来转去,甚至跳了会儿舞,任由醉意以某种承诺的力量进入她体内。

66

娜塔莉和马库斯第二次约会后所听阿兰·苏雄

歌曲《爱情飞逃》①第一段

———————

　　① *L'amour en fuite*（又译作《爱情狂奔》），弗朗索瓦·特吕弗同名电影（一九七九年）主题曲。

我敏感的肌肤 还留着你的爱抚

过去的时光和照片 都可以弃若尘土

可总有卷透明胶带

一点点拼凑 拼凑我们的伤口

那最美的画面 曾住过相爱的你我

说什么要建起 最甜蜜的小窝

转眼间玻璃打破 鲜血开始蔓延

只剩下满地瓷片 再找不回从前

我和你 没能走完这段路

看眼泪 静静流下你的脸

就这样分手 没什么理由

这就是爱情飞逃 爱情飞逃

马库斯感觉自己走在悬崖边上，脚下阴风阵阵。当晚，回到了家，他依旧被那些痛苦的画面纠缠着。也许这一切都和斯特林堡有关？自然要避免将自己的困扰和同胞的焦虑相提并论。那一刻的美、娜塔莉的美……他觉得这一切都走到了尽头，走向了毁灭。美就在那里，在他面前，注视着他的双眼，恰如悲剧的预兆。这正应和了《魂断威尼斯》的主题，影片里的中心台词说的是：凝视着美的人注定会死亡。是的，马库斯表现得太过矫情，他的落荒而逃甚至称得上愚蠢。可是，只有经历过多年的感情空白才能体会到，在新的可能性降临的时候，人们会怎样惊慌失措。

马库斯没有给娜塔莉打电话。她曾那样欣赏他身上的东欧特质，如今则会惊讶地重新发现他的瑞典本色中呆板的一面。他的那点波兰气质已经荡然无存。马库斯决定锁闭心扉，不再玩女人这把火。是的,这几个字一直萦绕在他的脑海。他的第一个决定便是:不再注视她的双眼。

隔天早上,娜塔莉来到办公室的时候碰见了克洛伊。不得不承认,这一位也是个制造偶遇的行家。她也会在走廊上来回徘徊,只为了遇到她的上司①。她简直是个货真价实的门房,甚至都不讲究一点刺猬的优雅②,打算直接套取娜塔莉的秘密:

"早上好,娜塔莉。还好吧?"

"嗯,挺好的。就是有点累。"

"是因为昨晚上看的戏吗?是不是很长?"

"不是,没有特别长……"

克洛伊感觉要想套出什么话来很有难度,但幸运的是,她的难题在此刻迎刃而解。马库斯走了过来,他看起来也怪怪的。年轻

①到最后,我们不禁自问,真的存在巧合吗?也许所有在我们身旁走动、与我们巧遇的人,都一直希望能和我们碰到?这样想来,那些人的确常常都是气喘吁吁的。——原注
②出自法国电影《刺猬的优雅》(二〇〇九年)。

女孩设法拦住他：

"早上好，马库斯，你还好吧？"

"嗯，很好……你呢？"

"还行吧。"

他回答的时候躲开了两人的目光。这让她们觉得很奇怪，就像在同赶时间的人聊天似的。更奇怪的是，马库斯看起来一点都不赶。

"还好吧？你脖子疼吗？"

"没……没有……我很好……我得走了。"

他离开了，将两位惊呆了的女人抛在身后。克洛伊立刻想："他看起来尴尬至极……他们一定是上过床了……找不出别的解释了……要不然他干吗要装没看见她呢？"于是，她对娜塔莉嫣然一笑：

"我可以问您一个问题吗？您昨晚是不是和马库斯一起去看戏了？"

"这跟你不相干。"

"没错……我只是觉得我们以前都是相互分享的。我什么都跟您说。"

"可我没什么要说的。好了,还是回去工作吧。"

娜塔莉表现得很生硬。她不喜欢克洛伊这样擅自窥探她的生活,对方眼里对八卦的渴求显而易见。克洛伊很尴尬,结结巴巴地说明天她要办个生日聚会。娜塔莉含糊地答应了,但不确定是否能参加。

稍晚,在办公室里,娜塔莉又在回想克洛伊的冒失举动。一直以来,娜塔莉都活在各种传言中。人们暗自观察她的举动,观察她对工作的投入,看她如何挺过这一劫。这种无孔不入的关注尽管是善意的,但还是让她不堪重负。其实,在那时候,她真希望大家都不要管她。人们无休无止的关怀和体贴反而让她举步维艰。这段备受关注的日子留给她的尽是苦涩回忆。这时,她又想起克洛伊刚才说的话,她明白自己今后要谨慎一点,与马库斯的交往一个字也不能提。但,这称得上是交往吗?弗朗索瓦死后,她失去了所有衡量感情的基准。她觉得自己就像回到了少女时代,觉得此前所知道的关于爱情的一切都已被摧毁。她的心里已是满目疮痍。她不明白马库斯的态度,不明白为什么他要躲开她的目光。真像是在演戏。或者,他已经疯了? 轻微的神经错乱倒是更有可能。不过她并不认为,真的爱一个女人就会不愿见她。不,她不这么认为。总之,她陷入了困惑之中。

68

有关卢奇诺·维斯康蒂执导电影《魂断威尼斯》
中塔奇奥饰演者伯恩·安德森的三个谣言

他在纽约杀死了一名同性恋演员。

*

他在一场墨西哥空难中丧生。

*

他只吃蔬菜沙拉。

69

马库斯不想工作。他站在窗户前，看着空荡荡的一切。他的身上始终萦绕着怀旧之情，更准确地说：一种荒谬的怀旧之情，以为阴郁的过去仍旧拥有某种魔力。他的童年，尽管如此乏味，在此刻对他来说却成了生命的源泉。他回想着种种细节，那些细节原本是那样可悲，如今在他看来却十分动人。他想找一个避难所，无论在何处，只要让他逃离当下。可是，他明明在几天前才和一位美丽的女人一起去看了戏剧，实现了某种浪漫梦想。为什么此刻又产生了如此强烈的退缩愿望呢？原因看上去十分简单，我们可以将它定义为：对幸福的恐惧。人们都说在去世之前，我们的眼前会闪现一生中最美好的画面。因此，在幸福带着近乎不安的微笑来临时，我们的眼前闪现出过去的失败与挫折，也似乎是合情合理的。

娜塔莉叫马库斯来她办公室,但马库斯拒绝了。

"我很想见你。"他说,"不过是在电话里。"

"在电话里见我? 你确定没毛病吧?"

"没毛病,谢谢。我只是想求你这几天都不要进入我的视线。我只求你这一件事。"

她越发感到惊愕。然而,对如此古怪的状况又同样着迷。她越来越困惑,寻思着马库斯的态度会不会是一种策略,或者是玩幽默谈恋爱的一种现代方式? 她自然是搞错了。马库斯只是卡在了莫名的颓丧之中。

下班的时候,她决定不再听从马库斯的要求,走进了他的办公室。马库斯立即移开了目光。

"怎么回事! 再说了,你进来的时候也没敲门。"

"因为我想让你看我。"

"我不想。"

"你一直都是这样的? 不至于是因为那杯红酒?"

"某种程度上是的。"

"你是故意要打翻那杯红酒的？为了把我搞糊涂是吧？那我得说,你成功了。"

"娜塔莉,我向你保证,除了和你说过的话,我没别的意思。我只是在保护自己。这没什么难懂的。"

"但你一直这样的话会伤到脖子的。"

"我宁愿伤了脖子,也不想伤到心。"

娜塔莉愣住了,她觉得这句话简直像句俗语,甚至还很顺口:宁伤脖子不伤心。接着她开口:

"那要是我想见你呢？要是我想跟你在一起呢？要是我觉得和你在一起很自在呢？那我该怎么办？"

"这不可能。这永远都不可能。你还是出去吧。"

娜塔莉不知所措。她应该吻他、打他、开除他、忽视他、羞辱他,还是哀求他？最后,她转动门把手,走了出去。

70

第二天临下班的时候,克洛伊庆祝了她的生日。她无法忍受大家把她忘了。再过几年,情况一定会截然不同。大家会欣赏她的精力,欣赏她能够将阴沉的工作环境变得活跃,能够撺掇同事们强颜欢笑。几乎所有在这一层办公的同事都到了,克洛伊在他们中间,喝着一杯香槟,等着她的礼物。她肆意夸张的自恋表现透露出某种感人甚至有些迷人的东西。

房间并不大,马库斯和娜塔莉却还是尽量保持距离。她最终还是同意了他的请求,勉勉强强地避免出现在他的视野里。克洛伊不是傻子,两人之间的小把戏她都看在眼里。"他们俩互不交谈,这里面肯定有问题。"她想。多么敏锐的观察力啊!但她不想花太多精力操心他们俩的事,办好自己的生日聚会才是眼下最要紧的。所有来捧场的同事都懒洋洋地站着,手拿酒杯,西装革履,寒暄送福,不吝吉言。马库斯旁观着每个人的兴奋模样,觉得真是荒唐可笑。但对他来说,这种荒唐包含着十分合乎人性的一面。他也想参加到这场集体活动当中,觉得自己有必要做些什么。下午的时候,他打电话订了一束白玫瑰。那是巨大的一束花,与他和克洛伊的交情完全不成比例。他像是需要拼命抓住白色,抓住无边无垠的白色,来弥补红色的创伤。送花的年轻女孩到前台的时候,马库斯下楼拿花。一幅令人惊讶的画面出现了:马库斯抱着一捧巨大的花束,走进这个没有灵魂的聚会场所。

他走向克洛伊,胸前是一束蔚为大观的白玫瑰。克洛伊看到他过来,问道:

"这是给我的吗?"

"是的。生日快乐,克洛伊。"

克洛伊感觉很尴尬,出于本能,她转头看娜塔莉。她不知道该对马库斯说些什么。他们俩的对话出现了空白:属于他们的《白色上的白色》。所有人都看着他们。确切地说是看着他们在白色花束后面露出的半遮面孔。克洛伊觉得她必须得说些什么，但说什么呢？最后，她说：

"真不该这样。太隆重了。"

"是啊，当然。但我想要白色。"

另一个同事上前送礼物，马库斯趁机退回去了。

娜塔莉远远地看着这一幕。她想要遵守马库斯定的规矩，但刚刚的场景实在太让她尴尬，她决定找他谈一谈：

"你为什么要送她那么大一束花？"

"我不知道……"

"听着……我受够了你的自闭……你不想看我……你又不想向我解释。"

"我向你保证我真的不知道。我才是最尴尬的那个人。我很清楚这十分不恰当，但事情就是这样了。订花的时候，我说我要一大束白玫瑰。"

"你爱上她了，是吗？"

“你吃醋了?”

“我没有吃醋。但我开始怀疑,你瑞典人的忧郁外表下,其实根本就是个情场高手。”

“那你呢……你就是个玩弄男人于股掌之上的专家,这是一定的。”

“这真荒谬。”

“真正荒谬的是,我还有礼物要给你……却到现在都没给。”

他们注视着彼此。马库斯想:我怎么会以为能够再也不看她呢? 他对她笑了笑,她也回以微笑。微笑的圆舞曲再次上演了。这真令人惊讶,有时,当我们下定决心,发誓从今以后定将不再如何如何时,其实只需要嘴唇一个微不足道的动作,就能攻破这种似乎永远有效的保证。马库斯的坚定意愿在现实面前刚刚土崩瓦解,这个现实便是娜塔莉的面孔。那是张疲倦的面孔,困惑不解的面孔,但依然是娜塔莉的面孔。他们一言不发,悄悄离开了聚会,来到了马库斯的办公室里。

71

空间很狭窄。两人对彼此的慰藉足以填满房间。他们很开心能够独处。马库斯看着娜塔莉，她眼中流露的犹豫不决让他心神不宁。

"我的礼物呢?"她问。

"我会给你的，但答应我，到家之前不要打开。"

"好的。"

马库斯递给她一个小盒子，娜塔莉放进包里。他们就这样待了片刻，这片刻一直持续到现在。马库斯不觉得自己必须说些什么来填补空白。他们都很放松，很开心能够重逢。过了一会儿，娜塔莉说：

"也许应该回去了。要是我们不回去的话会显得很奇怪。"

"你说得对。"

他们离开了办公室，穿过走廊。一回到聚会的地点，他们就大吃一惊：这里一个人也没有了。一切都收拾好了，都结束了。两人感到十分困惑：他们在办公室里到底待了多久？

一回到家,坐到沙发上,娜塔莉就打开了盒子。里面是一盒皮礼士糖。她吃了一惊,因为在法国找不到这个糖。马库斯的举动让她深受感动。她重新穿上大衣出门,扬起手臂(这个动作对她来说突然变得很简单)拦了一辆出租车。

72

维基百科上关于皮礼士糖的条目

皮礼士一名来源于德语 Pfefferminz,意为胡椒薄荷糖,是首先投入生产销售的口味。皮礼士糖来自奥地利,销遍全球各地。皮礼士糖的糖盒是品牌特色之一。它款式众多,成为收藏家追捧的对象。

73

站在门前,她犹豫了片刻。已经这么晚了。但都已经到这里了,掉头回去太荒谬了。她按了一下门铃,又按了第二下。没有人应。她开始敲门。过了一会儿,她听到了脚步声。

"谁啊?"一个不安的声音问道。

"是我。"她回答。

门打开了,娜塔莉眼前是一幅狼狈的景象。她的父亲头发散乱,双眼惺忪。他看起来有些昏头昏脑,好像什么东西被抢走了一样。也许真是这样:他刚被抢走了睡眠。

"怎么是你? 出什么事了?"

"没事……我很好……我就是想来见你。"

"在这个时候?"

"是的,等不及。"

娜塔莉进了她父母的家。

"妈妈还在睡,你知道她的。就算天塌地陷,她也是照睡不误。”

“我就知道叫醒的会是你。”

“你要喝点什么吗？喝杯椴花茶？”

娜塔莉说“好”，父亲就去了厨房。他们父女相处起来总让彼此觉得十分安心。娜塔莉的父亲此刻已不再惊讶，恢复了以往的镇静。可以感觉得到，没什么事会难倒他。然而，在深夜的这一刻，娜塔莉暗暗在想，父亲老了。他穿着软拖鞋走路的样子，她都看在眼里。她想：这个男人在大半夜被吵醒，但还是抽空穿上了软拖鞋去看看发生了什么。这样小心翼翼地保护双脚真是让人动容。父亲回到了客厅。

“发生了什么事？什么事让你不能等？”

“我来给你看这个。”

她从口袋里拿出了皮礼士糖，立刻，父亲变得和女儿同样激动。这个小玩意把他们带回了同一个夏天。突然之间，他的女儿好像回到了八岁。她轻轻地靠近父亲，把头靠在他的肩膀上。皮礼士糖里蕴藏着过去的全部温存，蕴藏着在时光中消逝的所有回忆,它们并非戛然而止,而是随着岁月缓缓消散。皮礼士糖里蕴藏着悲剧发生前的那些时光,在那样的时光里,所谓的脆弱不过是摔了一跤,或是擦破了一点皮。皮礼士糖还蕴藏着父亲的形象,童年时,她总爱奔跑着投入他的怀中,只要紧靠在他身上,她就对未来充满信心。两人惊愕不已,凝视着皮礼士糖,糖里承载着生命的点点滴滴,那样渺小可笑的物件,却是那样动人。

就在这时,娜塔莉开始哭泣。泪如雨下。那是在父亲面前一直强忍着的痛苦的眼泪。她不知道自己为什么之前从不放任自己在父亲面前流泪。也许因为她是家里的独生女?也许因为她也需要扮演男孩子的角色,而男孩子是不该轻易掉泪的?但她是个小女孩,是个失去了丈夫的孩子。此刻,在经历了所有的这一切之后,在皮礼士糖散发的氤氲气氛里,她在父亲的怀里哭了起来。任由自己失控,期盼得到安慰。

74

隔天,到办公室的时候,娜塔莉有些病快快的。她最后睡在父母家了。清晨,母亲醒来前,她就回到了自己家。她想起了年轻时那些玩通宵的日子,直到凌晨才回家换下衣服,然后直接去上学。如今她感觉身体处在矛盾状态,既疲倦又清醒。她去见了马库斯,惊讶地发觉他和昨天看起来一模一样。他身上有着某种始终如一的冷静力量。这种想法让她安下心来,甚至松了一口气。

"谢谢你……的礼物。"

"不用谢。"

"晚上能请你喝一杯吗?"

马库斯点点头,心里想:"我爱上了她,可主动邀约的总是她。"他尤其觉得自己不应该再害怕,这样缩手缩脚地自我保护实在可笑。永远都不应该逃避潜在的痛苦。他再一次陷入了思考,甚至想回答娜塔莉刚才的问话,但娜塔莉几分钟前就走了。他又想,这一切将会把他带向痛苦,带向失望,带向最可怕的感情绝境。但他还是想要一往无前，想要去一个未知的目的地。没什么大不了的。他知道，总有渡船会把人从痛苦之岛、遗忘之岛摆渡到更遥远的希望之岛。

　　娜塔莉提议直接在咖啡馆见面。在昨天那样偷偷溜走之后，还是谨慎一点比较好。另外，克洛伊的问东问西也让她心有余悸。马库斯同意她的想法，不过要是顺着他的心愿，就是开个新闻发布会，将自己和娜塔莉的约会广而告之也不在话下。马库斯先到，他决定坐在一个显眼的位置，一个战略要地，能让所有人都目睹和他共进晚餐的美女的来临。这是个重要的举动，不能将其视作肤浅。无论怎样，这都不关乎男性的虚荣。这个举动有更重要的意义：它意味着马库斯自我认可的初步实现。

　　很长时间以来，这是他第一次早上出门时忘了带书。尽管娜塔莉说她会尽早到，但他有可能还得等一会儿。马库斯起身取了份免费报纸，埋头读了起来。很快，他就被一则报道吸引了注意力。他正沉浸在这起社会新闻里的时候，娜塔莉出现了：

"还好吧？我没打扰你吧？"

"没有，当然没有。"

"你刚刚看起来好专心。"

"是的，我刚在看一篇文章……关于马苏里拉奶酪的走私。"

娜塔莉狂笑不止，那是人们疲倦时才会出现的某种笑法。她笑得没法停下来。马库斯意识到这确实蛮好笑的，也笑了起来。两人突然变得傻里傻气的。马库斯只是回答了个问题，还没说什么，娜塔莉就笑个不停。在马库斯眼里，这完全是幅疯狂的景象，就好像他面对的是一条长了腿的鱼(每个人都有自己的比喻)。几年来，在数百场会议上，他看到的一直都是一个严肃的女人，虽然不乏温柔，但一直是严肃的。他当然见过她微笑，他甚至已经逗过她笑，但从没有像现在这样过。这是她第一次笑得如此开怀。而对她来说，一切不言自明：这一刻清清楚楚地证明了为什么她喜欢跟马库斯在一起。一个男人坐在咖啡馆里，在你来的时候给你个灿烂的笑容，一本正经地向你宣布他在读一篇关于马苏里拉奶酪走私案的文章。

75

《地铁报》上题为《破获一起马苏里拉奶酪走私案》的文章

警方于邦杜夫尔(埃松省)破获一起"高品质的"马苏里拉奶酪走私案,五名嫌犯在昨日和前日被关押。此次行动负责人,埃夫里镇宪兵队队长皮埃尔·区可夫称,"六十到七十箱即三十吨的奶酪在过去两年中被储存到这里"并在省内销售,甚至销往维勒瑞夫市(瓦尔德马恩省)。此起案件非同小可,估计造成损失高达二十八万欧元。警方于二〇〇八年六月接获斯泰夫公司报案后开始行动,调查中发现,涉案人员主要为两名比萨饼店经理,其中一家位于帕莱索的比萨饼店则是中心网点。走私案的幕后黑手及赃物流向何方仍有待调查。

V. M.

76

在一场恋爱中,酒精往往伴随着两个截然相反的时刻:当彼此相识相知、需要互诉衷肠的时候,以及当彼此之间再也无话可说的时候。如今他们正处于第一个阶段,觉察不到时间的流逝,一再重提他们的故事,尤其是那一吻。娜塔莉以前以为,那一吻不过是一时冲动造成的偶然结果。但也许不是呢?也许根本就不存在偶然?也许一切都是由直觉驱使,在无意识中慢慢演变而成的?她和这个男人在一起感觉很好,这让她时而开心,时而又感到沉重,反反复复。这是一趟在欢乐和悲伤间不断穿梭的旅程。如今,这趟旅程把他们带到了外面,带到了寒冷之中。娜塔莉感觉不大舒服。昨晚的奔波让她有些着凉。他们要去哪儿呢?看来会走很久很久,因为两人都还不敢到对方那里去,但又不想分开。他们的犹豫不决无休止地延续。这种感觉在夜里更加强烈。

"我可以吻你吗?"他问。

"我不知道……我有点感冒了。"

"这没什么。我准备好了跟你一起病一场。我可以吻你吗?"

娜塔莉真喜欢他问这个问题。这是一种微妙的表示。和他在一起的每一刻都非同寻常。在经历了悲剧之后,她怎么想得到,自己又能重新体验这美妙的感觉?眼前的这个男人身上有种独一无二的特质。

她点了点头,表示同意。

77

启发了马库斯的伍迪·艾伦电影《名人百态》中的对白

查理兹·塞隆　　你不怕被传染吗?我感冒了。

肯尼思·布拉纳　被你传染的话,得场无药可治的癌症我也愿意。

78

约会如此美妙,夜晚如此难忘,可转天醒来,又同往常一样。娜塔莉乘电梯去办公室。她不喜欢在这个狭小空间里与人共处,那样的话,就不得不示以微笑,互相寒暄,因此她总是等着坐空无一人的电梯。她喜欢这短短的几秒钟,让她向上直升进入一天的生活,这个铁笼将人们变身蚂蚁,送入蚁穴。出电梯的时候,她与老板迎面撞上。这可不是个比喻:他们是真的撞上了。

"真是没想到……我正想着我们俩好久没见面了……然后,嗨!我就碰见你了!早知道我有这种能力,我就会许另一个愿了……"

"这话说的。"

"说点正经的,我得跟你谈一谈。你过会儿能过来见我吗?"

最近,娜塔莉都要忘了夏尔的存在。他就像是一个旧电话号码,一个如今已百无一用的物件,比如一百多年前的气压传送信件装备。娜塔莉觉得去他办公室找他很奇怪。她多久没去那儿了?她记不清楚了。过去开始改变模样,开始稀释在迟疑里,躲藏在遗忘的斑点后面。这真是件令人开心的事,证明了当下终于重归其位。她拖了一早上,才下定决心去找夏尔。

79

另一个世纪的电话号码示例

奥德翁 32—40

*

帕西 22—12

*

克利希 12—14

娜塔莉走进夏尔的办公室。她立即发现,百叶窗比往常合上了一些,好像想要把这个早上淹没在黑暗里。

"我真的好久没来这里了。"她边走边说。

"是啊,好久……"

"你之后应该又读了好多《拉鲁斯词典》的词条吧……"

"啊,那个啊……没有。我没读下去了。我受够了那些定义。说真的,你说,知道那些词的词义有什么用?"

"你找我来就是问我这个的?"

"不是……不是……我们常常擦肩而过……我只是想知道你好吗……最近过得怎么样……"

最后的几个词他几乎是结结巴巴地说出来的。面对这个女人,他就是辆脱了轨的列车。他不明白为什么她会对他产生这样的效果。她自然是很美,自然是举止出众,但话说回来:这就足以解释一切吗?他是个有权有势的男人,身边常有红发女秘书笑语盈盈。他可以有很多女人，可以在五星级酒店的客房里度过傍晚的茶点聚会。所以呢？没什么可说的。对娜塔莉的第一印象让他俯首称臣。只能是这个原因。看到娜塔莉简历上的照片时，他说："我要亲自面试她。"她出现了，年轻的新婚女人，苍白迟疑，几秒钟后，他请她吃脆卷面包干。也许他是爱上了一张照片？再没有什么比被凝固的美丽操纵了情感更让人筋疲力尽的了。他继续注视着她。她不想坐下。她走来走去，触摸各种物件，莫名地微笑：她的女性魅力体现得淋漓尽致。最后，她绕过办公桌，走到他身后：

"你……你在干什么？"

"我在看你的脑袋。"

"为什么？"

"我在看你的后脑勺。因为我觉得你的脑袋里藏着什么不可告人的想法。"

对，还有这一点：她很风趣。夏尔已经完全无法控制局面了。娜塔莉顽皮地站在他背后。从现在开始，过去看来是真的属于过去了。他是那些黑暗日子的最佳见证。他当时曾夜夜担心娜塔莉会不会自杀。而此刻,她就站在这里,在他背后,朝气蓬勃。

"好了,请坐下吧。"他平静地说。

"好。"

"你看起来心情很好。心情一好,人都变得更漂亮了。"

娜塔莉没有回答。她希望夏尔找她来不是又要表白。夏尔继续:

"你没什么要告诉我的吗?"

"没有,是你要见我的。"

"你的团队里一切都好吧?"

"嗯,我觉得是的。不过话说回来,你比我知道得更清楚。你有报表。"

"那和……马库斯呢?"

原来他脑袋里面藏的是这个。他想要谈马库斯的事。她怎么没早点想到呢?

"有人告诉我你常常和他一起吃晚餐。"

"谁跟你说的?"

"这里没有不透风的墙。"

"所以呢? 这是我的私生活,和你有什么关系?"

娜塔莉突然打住了。她的脸色变了。她注视着夏尔,可怜的夏尔,眼巴巴地等着她的解释,只盼着她能给出否定的答案。她继续看着他,看了好一会儿,不知道该做些什么。最后,她决定离开办公室,一个字都没有再说。她把老板丢在了不明就里的巨大沮丧中。她不能忍受流言蜚语,不能忍受背后被人指指点点。她憎恨这种路数:心里不怀好意,背后说人坏话,暗中给人使坏。那句"没有不透风的墙"最让她生气。现在回想起来,她能够确定:是的,她感觉得到,别人看她的目光里确实别有意味。只要有人在餐馆看见了他们,或者只是看见他们一起出去,就足够整个公司沸腾起来了。她为什么要这么生气呢? 她刚才冷冰冰地回答这是她的私生活。她其实完全可以理直气壮地告诉夏尔:"没错,我喜欢这个男人。"但不行,她不想透露状况,更不可能被人逼着去讲。回自己办公室的路上,她遇到了一些同事,并且注意到了他们态度的变化。从前同情怜悯的目光被别的东西渐渐取代。但她还是没料到接下来会发生的事情。

81

克劳德·勒鲁什执导电影《一个我喜欢的男人》

(主演:让-保罗·贝尔蒙多、安妮·吉拉尔多)

上映时间

一九六九年十二月三日

82

娜塔莉离开后,夏尔好长时间里都一动不动。他很清楚自己刚才太蠢了,不应该讲那些话的。尤其是他又无法说出自己的真实所想:"是的,这和我有关系。你不想和我约会。因为你不想再和男人在一起。那么,我当然有权知道你在想什么。有权知道你喜欢他什么,又不喜欢我什么。你很清楚我是多么爱你,这对我来说有多煎熬。你欠我一个解释,我只要你的解释。"他刚才想说的话差不多就是这些。但事情就是这样:和我们爱着的人交谈时,该说出的情话总要迟到五分钟才出现。

他今天一天都没法工作。在和娜塔莉摊牌,也就是足球联赛好多场比赛都踢平的那天晚上,他就已经认命了。由于情色机制的古怪作用,他甚至还和妻子重拾旧好。在之后的几个星期里,他们都不停地做爱,用身体找回彼此。那甚至称得上是一段美妙的时光。旧爱重拾,有时候比初结新欢更令人动情。可激情又渐渐日落西山,就像一声冷笑:他们怎么会以为彼此能再次相爱呢?这不过是个过场,是绝望改头换面的一个插曲,是两座悲凉的山峦间的一小片平原。

夏尔感到心力交瘁。他受够了瑞典和瑞典人,受够了他们那种总是竭力保持冷静的令人压抑的习惯,受够了他们从不在电话里大吼大叫。他们追求禅风禅意、请员工们做按摩等等,所有这些福利都开始让他大为恼火。他想念地中海式的歇斯底里,时常盼望着能和地毯商人做场买卖。正是怀着如此心情的时候,他得到了有关娜塔莉私生活的消息,仿佛遭受了当头一击。从那以后,他一刻不停地想着那个男人,那个马库斯。顶了个这么愚蠢的名字,他是怎么得到娜塔莉的欢心的? 他根本不愿意相信。他是最清楚不过的了,娜塔莉的心就像是座海市蜃楼,只要一接近,它就消失得无影无踪。但现在,情况不同了。她刚才过度的反应像是证实了传言。哦,不,这不可能。他承受不了。"他是怎么做到的?"夏尔不停重复着。这个瑞典人一定是施魔法魔住了她,或者使用了类似的手段,麻醉她,催眠她,给她下了什么药。一定是这样的。他注意到娜塔莉和以前大不一样了。是的,也许这才是伤他最深的事:她不再是他的娜塔莉了。某个地方发生了改变,出现了真正的变化。眼下,他只看到一个解决办法:把马库斯叫来,看看他到底有什么本事,探出他的伎俩。

83

一九五七年雷诺多文学奖获奖作品米歇尔·布托尔《变》包括瑞典语在内的外译语种

二十种

84

马库斯从小接受的教育就是做事不张扬,不管去什么地方都要保持低调。人生应该像条过道。于是,听到老板要见他,他当然就开始惊惶失措。他是可以做个男人,又幽默又负责,值得被人信赖,但只要一和掌权人物沾上边,他就变得像个小孩。他烦躁不安,满脑子都是问号:"他为什么想见我? 我做了什么? 我是不是把一一四号业务保险条款的谈判搞砸了？我是不是最近看牙医看得太勤了？"罪恶感从四面八方包围了他。也许这才是他真正的性格：大难临头的荒谬感觉在他心中经久不散。

他用两根指头敲门，这是他的专属敲门方式。夏尔让他进去。

"您好，我是来见您的……因为您叫我……"

"我现在没有时间……我要见个人。"

"啊，那好吧。"

"……"

"好的，那我就先走了。我迟点再来。"

夏尔把这位员工打发走了，因为他现在没空接待他。他在等着那位大名鼎鼎的马库斯，完全没想到自己刚刚已经见到了。这个混蛋，不仅虏获了娜塔莉的芳心，还胆敢不准时出现。他该有多难对付？绝不能任由他这样。他以为自己是谁？夏尔拨了秘书的电话：

"我前面让一个叫什么马库斯·隆德尔的员工来见我，但他到现在还没来。你能看看是怎么了吗?"

"但您刚叫他走啊。"

"没有,他还没来。"

"他来了。我刚看到他从您的办公室出来。"

夏尔恍了一下神,就像突然被一阵风穿过了身体。当然是北风。他简直要晕倒了。他让秘书将马库斯再叫来。马库斯屁股刚坐到自己的椅子上又得起来。他琢磨着老板是不是想要戏弄自己。他想,也许老板正被瑞典股东搞得头大,想找个瑞典员工撒撒气。马库斯可不想当个悠悠球。要再这么被戏弄,他可就真的要去投奔二楼的工会干部约翰-皮埃尔了。

他又一次走进了夏尔的办公室。夏尔的嘴巴正被塞得鼓鼓囊囊的。他在努力用脆卷面包干平复心情。人们时常用会惹恼自己的东西来放松自己。他颤抖着、摇晃着,任由面包屑在嘴边直掉。马库斯惊呆了。这样的一个男人怎么能够驾驭整个公司?但两人中更惊讶的那一位自然是夏尔。这样的一个男人怎么能驾驭娜塔莉的心？惊呆了的两人在当下都愣住了,没人知道接下来会发生什么。马库斯不知道对方葫芦里卖的什么药。而夏尔不知道该说些什么,他实在太震惊了:"这怎么可能呢？他这么恶心……完全没有型……他这么蔫,谁都看得出来他蔫……啊,不,这不可能……他还斜眼看人……啊,不,这太恐怖了……这个男人和娜塔莉一点也不配……一点也不配,不,不配……啊,这真让我恶心……他绝对不能再出现在她身边了……绝对不能……我要把他遣送回瑞典……没错,就是这样……一个小小的人事调整……明天就要把他调走!"

夏尔还能这么磨叽好一阵子。他完全没办法开口说话。但好吧,是他叫马库斯来的,他总得说点什么。为了不再浪费时间,他说:

"来点脆卷面包干吗？"

"不了,谢谢您。我离开瑞典就是为了可以告别这个玩意儿……所以不会在这里重操旧业。"

"啊……啊……真好笑……啊……哈!"

夏尔一阵狂笑。这个蠢货还挺幽默。真是个蠢货……这种人最糟糕了:看起来蔫头蔫脑的,幽默起来又吓人一跳……对方根本没料到,然后啪,来了一个笑话……这一定就是他的法宝。夏尔一直都觉得这是自己的弱点,他没能将他生命里出现的女人逗得足够开怀。想到他的妻子,夏尔甚至怀疑自己的天赋是否就是让她们变得郁郁寡欢。的确,洛朗丝已经两年三个月十七天没有笑过了。他能记得,是因为他把这个记在记事本上,就像人们记录月食一样:"今天,妻笑。"不过,他现在必须停止胡思乱想,必须开口讲话。他到底有什么可害怕的?老板是他。决定饭票金额的是他,这可不是小事。说真的,他得恢复镇定。可要怎么跟这个男人讲话呢?怎么看着他呢?是的,想到他碰过娜塔莉,吻过娜塔莉,夏尔就觉得恶心。这是亵渎,是侵犯!哦,娜塔莉,他一直都爱着娜塔莉,这是明显的。真正的动情永远都不会结束。他本以为忘掉她会是很简单的事。但并不是,这份感情过去在他体内蛰伏,如今则以最愤世嫉俗的方式苏醒了过来。

他想到了一个比调动岗位更彻底的解决办法：开除他。他一定在工作上犯过错。常人都会犯错。当然，他可不是什么寻常人。证据就是，他在和娜塔莉约会。他说不定还是个模范员工，面带微笑地加班加点，从不要求加薪：总之也是最麻烦的那种员工。这个天才甚至也许还没加入工会呢。

"您说想见我？"马库斯试探地问道，打断了夏尔因惊愕不已而陷入的长久沉默。

"是……是的……我刚在思考别的事情，现在可以跟你谈了。"

他不能一直都这样把马库斯晾在那里。或者也许可以：把他晾个一整天，就为了看看他会有什么反应。但这对马库斯来说一定不成问题。因为现在夏尔回过神来想到：没有什么比面对一个沉默不语的人更让人不舒服的了。更何况这个人还是老板。换作任何另外一个员工，都会表现出焦灼，甚至是脸上流几滴冷汗，双手禁不住做小动作，双腿来回交叉开合……可眼前的情形完全不是这样。在这十分钟，甚至是十五分钟里，马库斯都一动不动。绝对的隐忍派真传。真是功夫了得啊，夏尔回想起来不免暗暗称奇。

毫无疑问,这个男人一定有着非凡的精神力量。

　　其实,此刻的马库斯只是因为不明就里而感觉十分别扭,干坐在那里一动不动。他不明白发生了什么。多年来,他从未见过老板,如今头次被叫来,老板却一句话也不讲。两人都给对方留下了强烈的印象,而自己却浑然不觉。首先开口的该是夏尔,可他完全开不了口。他的嘴被打上了封条。他继续直视着马库斯的双眼,中了魔法一般。一开始,他想的是打发掉马库斯,但现在,他的心情却发生了变化。心怀敌意的同时,他显然也渐渐被马库斯吸引了。他现在完全不想把马库斯赶走了,而是想看他如何表现。他终于开口:

　　"抱歉让你久等了。我只是喜欢在与人谈话时好好斟酌词句。特别是涉及我接下来要和你谈的事。"

　　"……"

　　"我听说了你经管一一四号业务的事情。你知道的,这里的什么事都逃不过我的眼睛。我什么都知道。我必须要说,我很高兴能有你这样的员工。在瑞典的时候我和他们说过你,他们很骄傲能有你这样能干的同胞。"

"谢谢……"

"是我要谢谢你。大家都觉得你是公司的一个带头人。另外,我也想亲自给你庆功。我觉得自己和公司里的优秀员工相处时间太少。我很希望能多多了解你。也许今天晚上我们可以一起吃个饭,怎么样?这样行吧?"

"嗯……行啊。"

"啊,太好了,我好开心!再说了,生活中不是只有工作……我们可以谈许多别的话题。我觉得,有时候打破一下老板和员工之间的隔阂挺好的。"

"是啊。"

"好,那就今晚见了……马库斯!祝你今天愉快……工作万岁!"

马库斯走出办公室,一直惊愕莫名,就像太阳碰上了日食。

85

二〇〇二年脆卷面包干销量

两千二百五十万盒

86

　　流言传遍了整个公司：马库斯和娜塔莉有了关系。事实是：他们俩只吻过三次。更邪性的传言：娜塔莉已经怀孕了。是的，人人都在添油加醋。想要知道这个绯闻的传播范围有多大，只需数一数咖啡机里有多少进项。今天的进项又创历史新高。公司里每个人都知道娜塔莉，可没有人说得出谁是马库斯。他就像链条上最不起眼的一环，衣服上的一根白线。回到办公室里，他仍为刚刚经历的事情感到错愕，同时也感觉到众多目光聚焦在自己身上。他不明白这是为什么。他去了趟洗手间检查自己西服上的皱褶，额前的头发,牙齿间的缝隙,还有脸上的颜色。没什么可说的,一切都规矩如常。

　　一整天,这种关注都持续增长。很多同事都找理由来看他。有人问他问题,有人走错了门。这也许只是出于偶然。人生中是有这样的日子,大事小事不断,却没人说得出个所以然。这是受月相影响,他瑞典的姨妈一定会这样说,她在挪威可是一个著名的纸牌占卜师。但是,老这样被打扰,他都没什么时间工作了。这可真是荒谬:在老板表扬他的这一天里,他却什么也没做。也许困扰着他的正是这一点。从来没有过什么突出表现,也从来没人注意过自己在干什么,却一下子被这样大加赞赏,这可不好消受。并且,还有娜塔莉。她一直萦绕在他心头,这感觉越来越强烈。他们的上一次约会给了他极大的自信。生活渐渐远离了恐惧和未知,发生了离奇的转折。

　　娜塔莉感觉到了自己周围的骚动情绪。这本来只是种模糊的感觉,直到一向喜欢正面出击的克洛伊大胆提问:

"我可以问您一个问题吗?"

"可以。"

"大家都说您在和马库斯交往。这是真的吗?"

"我已经回答过你了,这跟你无关。"

这一次,娜塔莉是真的被惹恼了。这个年轻女孩身上所有她欣赏的特质仿佛片刻间消失得无影无踪。此刻她眼中的克洛伊只是个低俗的八卦女。夏尔的反应已经让娜塔莉震惊,现在看来这还只是个开始。这些人到底在激动个什么劲呢?克洛伊仍不善罢甘休,结结巴巴地说:

"我只是完全没想到您会……"

"够了。你可以出去了。"娜塔莉发火了。

出于本能,她觉得人们越是批评马库斯,她就越感到和他亲近,越感到他们俩在那个不为常人所理解的世界里更加紧密相连。走出娜塔莉办公室之后,克洛伊觉得自己简直是天字第一号的傻瓜。她太想和娜塔莉建立特殊的交情了,但刚才却表现得像个白痴。不过,她对此确实感到十分震惊。难道她无权把自己的感受表达出来吗?更何况有这种感受的也不只是她一个人。他们这一对实在让人觉得不搭调。这不是因为克洛伊不喜欢马库斯，也不是因为觉得他长相不入眼，她只是无法想象他和一个女人在一起。她一直都觉得马库斯就像个男性世界里的不明飞行物，而娜塔莉则代表着某种女性典范。因此他们俩的结合让她感到十分困扰，并驱使她做出不理智的反应。她很清楚刚才自己太冒失了，但当所有人都在问她"那你呢？你知道什么内情吗"的时候，她觉得自己和娜塔莉特殊的交情应该发挥出价值。而娜塔莉的回绝则有可能会让她和别的同事关系更加密切。

87

同事们为了见马库斯而找的借口

这个夏天，我想带我太太去瑞典度假。你有什么建议吗？

*

你有橡皮吗？

*

啊,对不起,我走错门了。

*

你还在盯着一一四号业务吗?

*

你的内网能用吗?

*

你那位同胞没能在去世前看到自己的三部曲大获成功,着实令人惋惜。

88

下午,娜塔莉和马库斯相约一起抽空溜出来,在楼顶天台见面。那里已成为他们的避难所,他们的洞穴。只彼此看了一眼,他们就明白发生了不寻常的事情,他们俩已成为八卦的对象。他们对别人的愚蠢行径付之一笑,相拥到一起,而拥抱是制造沉默的不二法门。娜塔莉低声说晚上想见他,甚至希望此刻就是晚上。如此美好,如此温柔,如此出乎意料的感情流露,却让马库斯很尴尬,他解释说今晚上不方便。真是残忍的方程式:他一边开始觉得不在娜塔莉身边的每一秒钟都毫无意义,但另一边,他又绝对不能取消和老板的晚餐。娜塔莉很惊讶,又不敢问马库斯的安排。最让她惊诧的是,她突然陷入了弱者的地位,一个处在等待中的弱者。马库斯向她解释,他要和夏尔吃饭。

"今晚?他要请你吃饭?"

这一刻,她不知道自己是该放声大笑还是大发雷霆。夏尔无权在没有知会她的情况下,和她的团队成员吃饭。她立即明白了这与工作毫无关系。直到此刻,马库斯都还没有真正费心探究过老板这番心血来潮背后的动机。毕竟,理由也说得过去:——四号业务他办得不错。

"那他有说为什么要和你吃饭吗?"

"呃……有……他想为我庆贺……"

"你不觉得这很奇怪吗?你觉得他会轮流跟每个他想要褒奖的员工吃饭吗?"

"你知道，我觉得他整个人如此奇怪，反倒没什么可奇怪的了。"

"这倒是真的。你说得对。"

娜塔莉十分欣赏马库斯看待事情的方式。这也许会被视作天真，但实际上不是。他身上有一种孩童般的温柔，能坦然接受各种状况，最离奇的情形也能包容。马库斯靠近娜塔莉，吻了她。这是他们的第四次接吻，也是最自然的一次。在一段感情的开头，每一个吻都能被条分缕析。但一次次的重复之后，关于吻的印象也就逐渐模糊。娜塔莉决定不提夏尔从前的事，也不提他荒谬的动机，就让马库斯自己来发现这顿晚餐背后的用意。

89

马库斯很快地回了趟家去换衣服，因为和老板的晚餐定在晚上九点。同往常一样，他在好几件上装之间摇摆不定，最后选了最职业、最严肃，也可以说是最阴沉的那件。他看上去就像个去度假的入殓师。坐地铁快线的时候，铁路出了点状况。乘客们已经开始烦躁不安,不知道发生了什么。是着火了？还是有人试图自杀？没人知道确切答案。焦虑在马库斯所在的车厢里弥漫开来,他尤其担心的是要让老板苦等一阵了。事实的确如此。夏尔十几分钟前就到了,正喝着一杯红酒。他很烦躁,甚至可以说是人为火,因为从来没有人让他这样等过。更不用说是今天上午之前他连听都没听说过的自己的一个员工。然而,在他的恼火中,又衍生出了另一种情绪。上午的时候就有所感受了,但此刻更为强烈。那是某种好奇和着迷。这个男人真是无所不能。有谁敢在这种约会上迟到？有谁敢如此蔑视当权者？没什么好说的了。这个男人配得上娜塔莉。不容置疑。符合数理。顺应化学。

在已经迟到了的时候,我们往往会对自己说,再跑也是于事无补。迟到三十分钟和迟到三十五分钟毫无差别。还不如让对方再等一会儿,免得到场的时候满头大汗。马库斯就是这么想的。他不想显得气喘吁吁、满脸通红。他很清楚,自己只要稍微跑一下,脸色就会像新生婴儿一样涨红。因此,当他走出地铁,惊恐地发现自己已经迟到这么久了(并且还不能提前说抱歉,因为他没有老板的手机号码),但他还是保持步行。这样一来,他到餐馆的时候,已经比约定的时间整整迟了一个小时,但他面不改色,镇定自如。身上的黑外套让他的出场显得更为肃穆,有点像黑帮电影中主人公在一片昏暗中悄然现身。夏尔在等待期间已经差不多喝完了一瓶酒。这让他变得浪漫而怀旧。他甚至没听马库斯与地铁快线有关的迟到理由。马库斯的到来有如天赐。

晚餐就将挂着这第一印象得胜的旗帜扬帆起航了。

90

伯纳德·布里尔在《穿黑靴的高个金发男士》中

对皮埃尔·理查德的评论

他很强。他非常强。

91

晚餐开始后,马库斯对夏尔的表现十分惊讶。夏尔结结巴巴,废话连篇,嘟嘟哝哝。他一句完整的话都说不了,有时会突然爆发出一阵笑声,但从来都不是在对话者想要搞笑的时候。他就像和当下一刻有着时差。过了一会儿,马库斯鼓起勇气问:

"您现在还好吧?"

"好?我?你知道,昨天起,一直都好。现在更好。"

语无伦次的回答证实了马库斯的感觉。夏尔并没有完全发疯。在间或清醒的时候,他很清楚自己在胡言乱语。但他就是无法控制自己。他是一场大脑短路事故的受害人。坐在面前的瑞典人搞乱了他的生活、他的系统。他努力挣扎,想要回到当下。马库斯的过去并没有很多激动人心的时刻,但他还是忍不住觉得这是他一生中最阴森的一顿晚餐。就是这样。不过他抑制不住自己同情心的萌发,想要帮帮这个错乱了的男人。

"我能帮到您什么吗?"

"是的,当然了马库斯……我得好好想一下,你真是太好了。真的,你太好了……谁都看得出来……从你看我的方式里……你没有对我妄下评论……我什么都明白……现在我什么都明白了……"

"您明白什么了?"

"我明白娜塔莉了。我越看着你,我就越明白我缺少的是什么。"

马库斯放下了酒杯。他之前就想过这一切是不是和娜塔莉有关联。出人意料的是,他的第一反应是松了一口气。这是第一次有别人跟他谈到娜塔莉。就在这一刻,娜塔莉脱离了幻想。她进入到了马库斯的真实生活当中。

夏尔继续:

"我爱她。你知道我爱她吗?"

"您一定是喝多了。"

"所以呢? 喝醉了也不会改变什么。我现在很清醒,非常清醒。我清醒地知道自己缺少什么。看着你，我意识到我是怎样地虚度了人生……我一直以来是如何肤浅，如何一直在妥协……你也许会觉得荒谬，但我要跟你讲我从没跟任何人讲过的事：我想当个艺术家①……没错，我知道，大家都知道那首歌……但说真的，小的时候，我特别喜欢在小船上画画……那是我最快乐的事情……我有一整套的迷你贡多拉小船模型……我花了好多时间在上面画画……每个细节都画得仔仔细细……我多想继续画画啊……一辈子都投入到安心作画的爱好之中……可是，如今的我，整天往嘴里塞脆卷面包干……这一整天一整天的都没有个尽头……每天都长得一模一样，跟中国人似的……还有我的性生活……我的太太……就那东西……我提都不想提……我现在发现了这一切……看着你，我发现了……"

夏尔的独白戛然而止。马库斯非常尴尬。听陌生人敞开心扉从来都不是件简单的事，更何况对象还是自己的老板。他只能开

① 席琳·迪翁的《商人蓝调》中的一句歌词。

个玩笑,缓解一下气氛。

"您看着我就能发现这一切？这真是我被您看着产生的效力吗？在这么短的时间里……"

"还有,你有非凡的幽默感。你真是个天才。前有马克思、爱因斯坦,后有你马库斯。"

马库斯不知该如何应答夏尔这明显有点过度的评语。幸好服务生出现了:

"两位想好吃什么了吗?"

"是的,我要牛排,"夏尔说,"三成熟。"

"我要份鱼。"

"好的,先生们。"服务生说完就走开了。

他刚走出两米,夏尔就把他叫住了:

"我还是点和这位先生一样的吧。给我也来份鱼。"

"好的我记下了。"服务员说着再次离开。

一阵沉默以后,夏尔坦白:

"我决定从今往后一切都向你看齐。"

"向我看齐?"

"是的,就像对精神导师一样。"

"您知道,要向我看齐根本不需要做什么。"

"这我可不同意。比方说吧,你的外套。我想,要是我也有件一模一样的,一定穿起来不错。我要穿得和你一样。你有种独特的风格。一切都经过深思熟虑,看得出来,你不允许意外的存在。女人很看重这个。她们看重这个,对吧?"

"啊,是吧,我也不知道。要是您想要的话,我可以借给您。"

"你看! 这完全就是你的作风,体贴备至。我才说喜欢你的外套,你马上就说要借给我。真潇洒。我发现自己外套出借得不够。我这辈子在外套问题上简直是抠门到家。"

马库斯明白了,他不管说什么都一定会被认为是了不起的。眼前的男人透过满是赞美甚至崇敬的眼镜看他。为了继续探究下去,夏尔说:

"再多谈谈你吧。"

"坦白说,我不大去想我到底是怎么样的一个人。"

"你看！就是这样！我的问题就是想太多。我总是在寻思别人的想法。我应该更淡定些。"

"要是想更淡定些,您应该出生在瑞典。"

"啊！太好笑了！你得教教我怎么样才能做到这么风趣。多妙的回答！我敬你一杯！再给你倒点酒?"

"不用了,我已经喝得够多了。"

"多么出色的自控能力！好吧,这一点,我决定不向你看齐。我允许自己跟你保持点距离。"

这时,服务生端上了两盘鱼,并祝两人用餐愉快。他们开始用餐。突然,夏尔从餐盘上抬起头来:

"我真蠢。这一切真荒谬。"

"怎么了?"

"我讨厌吃鱼。"

"啊……"

"还有更糟的。"

"啊,是吗?"

"是的,我对鱼过敏。"

"……"

"明摆着的,我永远都没法像你一样。我永远都没法和娜塔莉在一起。一切都是因为鱼。"

92

鱼类过敏的科学解释

鱼类过敏并不罕见。这在法国是排名第四的过敏原。当我们对鱼类过敏时,关键在于了解自己是对某一种鱼过敏,还是对多种鱼过敏。事实上,在对某一种鱼过敏的人群中,一半患者都同时对其他鱼过敏。因此需要接受皮试寻找出交叉过敏原,在皮试结果不够令人满意时,有时需要接受激发实验(摄入可能致敏食物)。另外,我们也需要研究鱼类的致敏能力是否存在差别。为了回答这个问题,有研究队伍比较了九种鱼的交叉反应:鳕鱼、鲑鱼、牙鳕、鲭鱼、金枪鱼、鲱鱼、狼鲈、庸鲽和鲽鱼。研究发现，金枪鱼和鲭鱼(两种鱼类皆为鲭属)最易耐受，扁平鱼类，即庸鲽和鲽鱼，排名第二。相反，鳕鱼、鲑鱼、牙鳕、鲱鱼和狼鲈会引起严重的交叉反应，就是说，要是你对这几种鱼的其中一种过敏，你就很可能同样对其他几种过敏。

93

在找出鱼这个罪魁祸首之后，晚餐陷入了沉默。马库斯几次试着重新挑起话头，无济于事。夏尔什么也不吃，只顾喝酒。两人看起来就像一对老夫老妻，彼此已经无话可讲，沉浸在各自的心事里。时间就这样一分钟一分钟地流逝(有时候也这样一年一年地流逝)。

一出门，马库斯就不得不搀住老板。夏尔醉成这样，已经没法开车。马库斯想帮他拦辆出租车，越快越好。他迫不及待地希望这个折磨人的夜晚能快点结束。但坏消息是,凉爽的晚风吹醒了夏尔。他又要去再喝一轮。

"不要扔下我,马库斯。我还想跟你说话。"

"可您都一个小时什么话也没说了。再说,您喝得太多了,最好还是回家吧。"

"别这么一本正经的好吗!你真烦!我们就去喝最后一杯,就一杯。这是命令!"

马库斯别无选择。

他们来到了一个地方,那里都是些有一定年龄的客人,身体猥琐地贴来蹭去。确切地说这不是个舞厅,但看上去很像。他们俩坐在粉红色的软垫凳上,点了两杯椴花茶。他们身后挂着一幅摇摇欲坠的石版画,内容大概是静物,死气沉沉的静物。夏尔现在显得更平静一些,但情绪又变得低落起来,脸上满是疲倦。想到过去的这几年,他回忆起事故发生之后娜塔莉回来上班的情景。这个女人被劫难摧残的模样一直在他脑海中挥之不去。为什么某个细节、某个手势会给我们留下如此深刻的印记,让一些微不足道的时刻变成一个时代的心声? 在他的记忆里,娜塔莉的面容让他的职业生涯和家庭生活都黯然失色。他可以写一整本书谈论娜塔莉的双膝,却说不出女儿最爱的歌手的名字。那时候,他让理智占了上风。因为他明白娜塔莉还没有准备好迎接新生活。但内心深处他从未停止过希望。如今,一切对他来说都变得索然无味:他的生活惨淡无光。他感到压抑得透不过气来。由于经济危机,瑞典人绷紧了神经。冰岛濒临破产,打击了不少人的信心。他还感觉到员工们对老板与日俱增的敌意。在下一次劳工争端时,他也许会被员工非法拘禁,就像其他那些老板的遭遇一样。此外,还有他的妻子,她不理解他。夫妻俩总是在谈钱,夏尔有时候简直会把她和债主弄混。由此,他的世界变得黯然无光,在那里,女性魅力已成遗迹,再没有人费心踩着高跟鞋一步步发出清脆的声响。每一天的黯淡预示着永久的黯淡。所以,他在知道娜塔莉和另一个男人在一起时,才会如此阵脚大乱……

他满怀真诚地说出上面这一切。马库斯明白必须要谈谈娜塔莉。只为一个女人的名字，这夜晚就显得漫长无际。可是关于她，马库斯又能说些什么呢？他才刚刚认识她。他本来可以直接坦白："您弄错了……其实也不能说我们在一起了……目前我们只接过三四次吻……并且我还没跟您讲这一切有多莫名其妙呢……"但他一个字也说不出口。他现在才明白，谈论娜塔莉对他来说是多么困难的事。老板把头靠在他的肩上，迫使他讲出心里话。于是，马库斯努力开口，也讲述起自己这一版本的和娜塔莉相处的日子，解读起所有带有娜塔莉印记的时光。出乎他意料的是，他的心头突然袭上许许多多的回忆，都是发生在很久以前、远早于那冲动一吻的短暂瞬间。

他们第一次见面是娜塔莉对马库斯的招聘面试。一见面，他心里就想："我可绝对没法和这样一个女人共事。"他面试表现并不好，但娜塔莉接到指令，一定要招个瑞典籍员工。于是，出于名额分配的原因，马库斯进了公司。但他一直对此毫不知情。之后的几个月里,马库斯对娜塔莉的第一印象始终不变。他现在也能回想起娜塔莉将头发绾到脑后的神态。正是这个动作让他心醉神迷。在团队会议的时候,他总希望她能再绾一次头发,但没有,那个优美的动作成了绝版天赐。他回想起娜塔莉的其他动作,比如把文件夹放在桌角的动作,比如在喝东西前习惯性的快速抿湿嘴唇,又比如在说两句话之间稍作停顿调整呼吸,还有她偶尔尤其是在临下班之前说话碰到"s"音的发音方式,还有她礼貌的微笑,说"谢谢"时的微笑,还有她的高跟鞋,哦,是的,穿高跟鞋让她美丽的双腿更为引人注目。马库斯讨厌公司里的地毯,甚至有天还在想:"谁会发明出这种地毯呢?"还有好多好多的回忆,不断地向他涌来。是的,马库斯现在都回想起来了,他意识到自己心中积蓄了对娜塔莉的很多迷恋。在她身边的每一天,都是对真正的心灵帝国隐秘而全面的征服。

马库斯谈娜塔莉谈了多久?他也不知道。转过头来,他发现夏尔已经快要睡着了,就像一个小孩在听着童话入眠。马库斯生怕他感冒,贴心地给他披上了外套。在重归安静的这段时间里,他打量起这个男人,这个自己曾经艳羡过他的权力的男人。过去,他时常觉得自己活得透不过气来,总是艳羡他人的生活,现在却意识到,自己并不是最不幸的。他甚至喜欢上了自己墨守成规的生活。他想要和娜塔莉在一起,但即便是希望破灭,他也不会因此崩溃。虽然时而狂热,时而脆弱,马库斯还是有着某种力量,某种气定神闲、安之若素的力量,这种力量让他在日常生活中处变不惊。当生活本身充满荒谬时,又何必让自己大惊小怪? 有时候他就是这么想的,这一定是因为读了太多齐奥朗作品的缘故。当我们领悟到出生即烦恼之源后,生活也许反而会变得美妙起来。看着夏尔昏睡的样子,让马库斯这种自信的感受更为笃定,并将发展成伴有更多力量的某种信念。

两个五十来岁的女人来到两人身边,想要跟他们谈些什么,马库斯打个手势让她们不要出声。但这里毕竟是个音乐场所。夏尔终于直起身来,睁开双眼,惊讶地发现自己陷在粉红色软垫凳上。

他看到一直守着他的马库斯,注意到身上披着他的外套。他笑了,但这简单的脸部动作却让他意识到自己头很痛。该离开这里了。都已经到清晨了。他们一同来到公司。出电梯的时候,他们相互握手告别。

94

上午稍晚些时候,马库斯去咖啡机买咖啡。他立即注意到,一路上同事们纷纷让路给他。他成了让红海开路的摩西。这个比喻也许夸张了点,但必须得明白发生了什么。马库斯,一个低调又平庸的员工,一个众人眼里普普通通的同事,突然在一天之内先和公司里几乎是最漂亮的女人约会(这个女人还是公认的凡心不动,这确实堪称丰功伟绩),然后又跟老板一起吃晚餐。有人甚至看到他们早上一起到的公司,这足以让流言蜚语有倾向性地大肆传播。这些都发生在一个男人身上,确实非同小可。所有人都跟他打招呼,问候他今天过得怎么样,——四号业务是否顺利。突然之间,大家都对这扯淡的业务、对他的一举一动充满兴趣。大家的关切如此密集，变化又来得过于突然，再加上一夜没睡，马库斯上午在班上险些撑不住自己。仿佛他过去多年的不受欢迎突然在短短几分钟内得到了弥补。当然了，这一切都不合常理。背后一定有原因，有不可告人的秘密。有人说他是瑞典派来的间谍，有人说他是大股东的儿子，有人说他病入膏肓，有人说他在自己国家是家喻户晓的成人电影男星，有人说他被选中代表人类去火星，也有人说他是娜塔莉·波特曼的密友。

95

一九八七年一月十八日伊莎贝尔·阿佳妮在

布鲁诺·马舒尔的电视节目中发表的声明

"今天最让我受不了的，就是必须来到这里告诉大家'我没有生病'，这就像说'我没有犯罪'一样。"

96

娜塔莉和马库斯一起吃午饭。马库斯十分疲倦,但仍睁大双眼。娜塔莉对他们的晚餐持续了一整夜感到十分震惊。也许马库斯身上发生的事情总是这样?做什么都不按常理出牌。她想要一笑置之,但眼前的场景让她有些不快。她感到精神紧张,围绕着他们两人的骚动情绪让她局促不安。这让她想到弗朗索瓦葬礼后周围人那些小家子气的表现,想到让她喘不过气来的同情怜悯。也许她有些想歪了,不过她真的觉得自己从中看到了二战时期通敌分子的遗毒。看着有些人的反应,她心里想:"要是再来一场战争,一切还会如出一辙。"她的感觉或许有些夸张,但流言传播的速度加上某些人的恶意,这一切都让她十分反感,禁不住联想到那个乱世时代。

她不明白为什么和马库斯的恋情会让大家如此感兴趣。是因为马库斯吗?因为他给人的印象?所以大家会觉得他们是不合常理的一对?但这很荒谬:还有比两情相悦更没逻辑的事吗?从上一次和克洛伊的对话以来，娜塔莉的愤怒久久不能平息。他们都以为自己是谁？每个人细细碎碎的目光在她眼中都变成了某种冒犯。

"我们才接过几次吻，可现在，我觉得所有人都讨厌我。"她说。

"我觉得所有人都喜欢我！"

"这么说很有意思吗……"

"别管他们就行了。看菜单，这个比较重要。头盘你要乳酪苦苣还是例汤？这个才重要。"

他当然是对的。可她就是没法放松下来。她不明白自己为什么反应如此激烈。她也许需要一点时间才能明白，一切都和她开始心动有关。这种令人眩晕的感觉转化成了对所有人的敌意，而夏尔则首当其冲：

"我越想这事，就越觉得夏尔的反应太可耻。"

"我觉得这只是因为他爱你。"

"这不是他在你面前表现得如此荒唐的理由。"

"冷静一点，这没什么大不了的。"

"我做不到冷静……我做不到……"

娜塔莉宣布,自己午饭后要去找夏尔,让他停止这场闹剧。马库斯觉得还是别拦着她为好。他沉默片刻,娜塔莉随后说:

"对不起,我太生气了……"

"这没什么大不了的。而且你知道,八卦总是很快就能翻篇……两天以后大家就不会再谈论我们了……新来了个女秘书,我觉得贝尔蒂埃喜欢她……所以你就看着吧……"

"这又不是什么新闻。只要是个女的他都不会放过。"

"这倒是真的。但这次不同。我得提醒你,他可是刚娶了女会计……这下事情要闹大了。"

"我主要是觉得我迷失了方向。"

她突然抛出了这句话。毫无过渡。马库斯本能地拿起面包,开始把它掰成碎屑。

"你在干什么?"娜塔莉问。

"我在学《小拇指》里那样。如果你迷路了,你就得在身后、在走过的路上扔面包屑。这样,你就能找到路了。"

"一直找到这儿……找到你身边,对吧?"

"是的。除非我太饿,决定在等你的时候把面包屑吃了。"

97

娜塔莉在和马库斯一起吃午餐时点的头盘

当日例汤①

98

夏尔此时已经完全不再是与马库斯共度了一整夜的那个夏尔了。上午上班时,他恢复了理智,很后悔昨晚的举止。他还是想不通,为什么在遇到这个瑞典男人之后自己会如此进退失据。他也

---

①具体是什么汤,我们不得而知。——原注

许确实状态不好,经受着各种焦虑,但这都不构成表现得如此离谱的理由。更何况还有人见证了这一切。他感到羞愧难当,而这会让他采取激烈的行动,就像在床上表现欠佳的情人事后会变得十分好斗。他觉得自己体内好斗的粒子正在升腾,趴下做了几个俯卧撑,但就在这一刻,娜塔莉走进了他的办公室。他站了起来:

"你应该敲一下再进来。"他生硬地说。

娜塔莉走向他,一如当初走向马库斯给他一吻那样。但她这次给夏尔的是一记耳光。

"我现在敲了,行了吧?"

"你有病啊!我可以因为这个开除你。"

夏尔摸着脸,浑身震颤,重复着他的威胁。

"而我可以告你骚扰我。你想我展示你给我发的那些邮件吗?"

"你为什么要这样对我说话?我一直都很尊重你的生活。"

"是啊。继续演下去啊。你不过是想和我上床。"

"坦白说,我真的不懂你在干什么。"

"而我真的不懂你找马库斯是要干什么。"

"我总有和员工吃顿饭的权利吧！"

"没错，我受够了！这下懂了吗?"娜塔莉吼道。

娜塔莉觉得吼出来浑身舒畅，还想继续发作。她的反应有些过火。在捍卫和马库斯的共有领土的同时，她也暴露了自己内心的不安。这种不安，她一直都无法明确定义。心动之处，就是词典无解的地方。也许正是出于这个原因，在娜塔莉回公司上班的时候，夏尔停止了阅读《拉鲁斯词典》里的那些定义。没什么好说的，还是跟着感觉走吧。

娜塔莉离开办公室时，夏尔说：

"我和他一起吃饭是因为我想了解他……想知道你为什么会选择这么丑陋、这么微不足道的一个男人。我可以理解你为什么拒绝我，可这个，你和他，我永远都无法理解……"

"闭嘴！"

"你不会觉得我会放手不管吧。我刚跟股东们谈过了。随时，你亲爱的马库斯就会收到一项非常重要的任命,一项他不可能拒绝的任命。只不过有个小小的不便,就是上班地点在斯德哥尔摩。但面对可以得到的补偿金,我想他不会犹豫多久。"

"你真可悲。况且,什么都阻止不了我辞了工作追随他。"

"你不可以这么做!我禁止你这么做!"

"我真可怜你……"

"而且你也不能对弗朗索瓦这么做!"

娜塔莉盯着他。夏尔想要马上道歉,他知道自己太过分了,但却无法动弹。娜塔莉也无法动弹。最后的这句话让两人都僵在原地。最后,娜塔莉一言不发,缓缓地离开了夏尔的办公室。夏尔独自一人,确信自己已经永永远远地失去了她。他走向窗前,凝望着面前的虚空,真想一头跳下去。

99

一坐到办公桌前,娜塔莉就开始查看自己的记事本。她打电话给克洛伊,让她把自己所有的约会都取消。

"这怎么可能! 您一个小时后要主持委员会议。"

"是的,我知道。"娜塔莉打断她,"好,我稍后打给你。"

娜塔莉挂掉电话,不知道该怎么做。这是场很重要的会议,她花了很长时间作准备。但显然,在发生了刚才的事情之后,她没法再在这个公司里工作下去了。她记起了第一次来到这幢大楼时,她还是个年轻女孩。她回忆起最初开始上班的那段时间,以及弗朗索瓦给过她的那些建议。也许,弗朗索瓦的去世带给她的最痛苦的事,就是突然失去了可以谈话的对象。互相分享、评论彼此生活的那些时光也一同逝去了。她孑然一身,站在悬崖边上,脆弱的感觉袭上心头,原来三年来,她都在演着最可悲的戏码。在内心深处,她从来没能说服自己重燃对生活的渴望。想起丈夫去世的那个星期天,她又重新陷入了自责,荒谬的自责。她本应该留住他,阻止他去跑步。想方设法不让自己的男人到处跑来跑去,这不就是妻子的职责吗? 她本应该留住他,吻他,爱他。她本应该放下手里的书,中断自己的阅读,而不是任自己的生活被碾个粉碎。

现在,她的怒火渐渐平息了。她又看了一眼办公室,然后将几样东西扔进包里。她关了电脑,整理抽屉,然后离开了这里。她很高兴路上没遇到任何人,不用多费口舌。她的逃离必须是安静的。她打了辆出租车去圣拉扎尔车站,到了之后买了张车票。火车开出的那一刻,她开始哭泣。

100

娜塔莉乘坐的巴黎—利雪的列车时刻表

出发:16:33 巴黎圣拉扎尔车站

到达:18:02 利雪

101

娜塔莉的消失立即让整个楼层的工作陷入瘫痪。她本来应该主持这个季度最重要的一场会议。她在走之前没有留下任何指令，也没有通知任何人。有些同事在走廊上发牢骚，指责她毫无职业精神。短短的几分钟内，她的信誉悲惨地直线下降：多年积攒的人品在当下的专断面前不堪一击。大家都知道她和马库斯的关系，因此不停地去问马库斯："你知道她去哪儿了吗？"他必须承认他不知道。这就差不多等于承认："不，我和她一点特殊的关系都没有。我对她的出走并不知情。"不得不这样做出澄清让他十分痛苦。这一新插曲让他即将失去前一天积累的威望。仿佛大家突然记起来了，他其实并没有那么重要。大家甚至开始寻思，怎么还会有人相信过他是娜塔莉·波特曼的密友。

马库斯试着联系了她好几次。但她的手机关机，始终杳无音信。马库斯没法继续工作。他在办公室里打转，很快就转遍了，因为他的办公室实在太小。该做些什么呢？这些天来的自信迅速烟消云散。他的脑子里一直回放着之前的那顿午饭。"知道点什么头盘，这才重要"，他记得自己说过类似的话。他怎么可能说得出口？不用费心去找了。他配不上她。她可是说过自己迷失了，而他却一副高高在上的样子，只说得出几句轻描淡写的话。还什么《小拇指》呢！他到底生活在哪个世界里？显然不是女人在出走前会告诉他行踪的那个世界。一切都一定是他的错。他的本事就是让女人出走。果真如此的话，她甚至可能去当修女。她坐火车、乘飞机，只为了离开他所呼吸的空气。他感到痛苦。他为自己表现这么差劲而感到痛苦。爱的情感是最能让人产生自责的情感。我们会觉得对方的所有伤痕都是自己造成的。我们还会陷入疯狂，摆出造物主的姿态，以为自己占据了对方心里的中心位置，以为生活只是个与世隔绝的二人空间。马库斯的世界也就是娜塔莉的世界。这是一个完整又极权的世界，在那里，他既要对一切负责，又渺小到什么都不是。

此刻，他又回到了那个简单的世界。他渐渐恢复了理智，厘清了头绪。他回想起他们一起度过的那些温柔时光。那些真真切切的深情厚谊不会就此消失。导致他此前思绪混乱的是对失去娜塔莉的担心。马库斯的焦虑是他的脆弱之处,但这脆弱也可以成为他独具魅力的所在。将所有的脆弱联结到一起,就可以获得某种力量。他不知道自己要做什么,他不想继续工作,不再理性地思考自己这一天该怎么过。他想要疯狂一场,他也想要逃离,搭一辆出租车,乘上眼前到来的第一班火车。

102

就在这时,人力资源总监叫马库斯去他办公室。当然了,所有人都想见他。他毫无惧色地去了。他告别了对掌权人物的惧怕。这几天来的一切不过是他们要的手腕。伯尼房先生笑容满面地接待他。马库斯马上想到笑里藏刀几个字。对于一个人力资源总监来说,最关键的是要表现出对员工的职业生涯关心备至,就像操心自己的事情一样。马库斯觉得这位伯尼房先生真是无愧于他的职位:

"啊,隆德尔先生……很高兴见到您。您知道吗,我关注您已经有一段时间了……"

"啊,是吗?"马库斯回答,确信(并且理由充分)眼前的这位只是刚刚发现他的存在。

"当然了……每个员工的成长对于我来说都很重要……而且我必须要承认,我对您十分有好感,您做事从不张扬,从不提什么要求。这说来也很简单,要不是我比较尽责,我就很有可能发现不了公司里有您这位员工。"

"啊……"

"您是所有雇主都梦寐以求的员工。"

"您真客气。您能告诉我为什么想要见我吗?"

"啊,这就是您的风格! 效率,效率! 绝不浪费时间! 要是所有人都能像您一样就好了!"

"所以说?"

"很好……我就坦白跟您说下情况吧:领导层决定任命您为团队主管。当然了,会有很大的工资涨幅。您是我们公司这次战略调整的关键一环……我必须要说,我对您的这次升职还是感到很高兴的……毕竟,在过程中我也积极地表达了我的支持。"

"谢谢……我不知道该说什么好。"

"当然,我们也会尽量简化所有外派所需的行政手续。"

"外派?"

"是的。这个岗位在斯德哥尔摩。在您的家乡!"

"但我是不可能回瑞典去的。我宁可去全法就业办事处登记也不要回瑞典。"

"可是……"

"没有可是。"

"但确实有,我想您别无选择。"

马库斯懒得回答,一言不发地离开了办公室。

103

矛盾焦点俱乐部

矛盾焦点俱乐部即全国人力资源总监联合会,俱乐部创立于二〇〇三年底,旨在推动非俱乐部会员的人力资源总监了解并加入本联合会。俱乐部每月在"人力资源之家"召集一次各企业人力资源总监会议,讨论处在企业内部矛盾焦点之中的人力资源总监们所面临的某个问题。这种每月一次的聚会谋求通过思想碰撞打破成规,用专业但又轻松的方式讨论一个敏感话题。欢迎幽默,拒绝官腔①!

104

往常,马库斯在走廊上总是慢悠悠地走路。他一直把这种步行当作休息。他完全可以起身说"我要活动一下腿脚",就像其他人要出去吸支烟一样。但此刻,他身上所有的闲散气息都了无影踪。他向前猛冲,这种前进方式十分奇特,就像被一阵怒火推动着

---

① 二〇〇九年一月十三日星期二的讨论主题:"金融危机时期的认知:个人优先还是集体优先?"地点:巴黎八区,米罗梅斯尼尔路九十一号,全国人力资源总监联合会,时间:18:00—20:30。

一样。他是一辆改装过发动机的柴油汽车,身上有某个地方被动过了:有人碰到了他敏感的线路,碰到了他直通心脏的神经。

马库斯冲进老板办公室。夏尔打量着他的手下,不自觉地用手捧住脸颊。马库斯立在房间中央,抑制着他的怒火。夏尔勇敢地开了口:

"你知道她在哪里吗?"

"不,我不知道。都别再问我娜塔莉在哪里。我不知道。"

"我刚跟客户通过电话。他们气坏了。我简直不能相信她会对我们做出这种事。"

"我完全理解她。"

"你来找我干什么?"

"我想和您讲两件事。"

"快讲。我时间很紧。"

"第一件事,就是我拒绝您对我的任命。您这样做很可悲。我不知道您以后还怎么能继续照镜子看自己。"

"谁跟你讲我照镜子看自己了?"

"很好,您要干什么,不要干什么,我都毫无兴趣。"

"第二件事呢?"

"我要辞职。"

这个男人的反应之快让夏尔无比惊讶。他一秒钟也没有犹豫。拒绝任命,离开公司。夏尔怎么能把局面搞得这么糟呢?哦,不,这也许正是夏尔想要的?看着两人带着他们令自己心碎的爱情故事远走高飞。夏尔继续观察马库斯,可在他的脸上却什么也读不到。因为愤怒已经在他的脸上凝结,驱逐了所有可以被读取的表情。这时,马库斯开始缓缓地走向夏尔,无比镇定,就像是被一股莫名的力量推动着。夏尔不由得害怕了起来,真的十分害怕。

"既然您不再是我的老板了……我就可以……"

马库斯还没说完,就用一个拳头替自己结束了这句话。这是他第一次打人。他后悔自己没有早一点这么做,总想着用语言解决问题。

"你有病啊!你疯了!"夏尔吼道。

马库斯又向他靠近,作势又要打他。夏尔吓呆了,向后退了几步,瘫坐在办公室的一角。马库斯离开后很长的一段时间里,他都还一直保持着这个颓丧的姿势。

105

穆罕默德·阿里生平中的一九六〇年十月二十九日

他在路易斯维尔打赢了职业生涯的第一场拳赛,凭点数击败汤尼·亨塞克。

106

娜塔莉到达利雪车站,租了一辆车。她已经很久没有开过车了,担心自己找不到感觉。偏偏天公又不作美,下起了雨。但她正感受到极度厌烦,此时此刻,已经没有什么能吓到她。她在狭小的道路上开得越来越快,对忧愁说你好。雨水挡住了她的视线,好几次,她几乎什么也看不见了。

就在这时,发生了一件事。就在刹那间,就这样,在路途中。她又看到了亲吻马库斯的场景。但这幅画面浮现的时候,她并没有在想马库斯。完全没有。亲吻的画面就这样粗暴地径直出现在她眼前。她开始回想和马库斯共度的时光。她一边开着车,一边开始后悔什么都没和马库斯讲就不告而别。她不知道自己为什么没有想到这一点。她的逃离是那样迅速。这是她第一次以这种方式离开办公室。她知道自己再也不会回去了,知道她生活中的一部分就此结束了。该继续向前了。然而,她决定在一家加油站停下来。她下了车,看着身旁的一切,却发现自己完全不熟悉这里。她也许开错路了。夜幕降临,周围一片荒凉,加上不断下着的雨,构成了一组经典的绝望三折画。她给马库斯发了个短信,只是为了告诉他自己在哪里。两分钟后,她收到短信:"我即去利雪,头班

火车到;你在车站等,千万别再跑。"紧接着是第二条短信:"并且,
我还押了韵。"

107

居伊·德·莫泊桑短篇小说《吻》选段

你知道我们真正的力量来自何处吗?来自吻,来自那独一无
二的一吻! (……)然而,那一吻不过是个序篇。

108

马库斯下了火车。他离开时同样也没有通知任何人。他们将
会像两个逃亡者一样重逢。在车站大厅的另一头,他看见娜塔莉
一动不动地站在那里。他开始缓缓向她走去,有点像电影里的镜
头。很容易就能想象出此刻的背景音乐。但也许没有音乐,是一

片安静。是的，保持安静会比较好。我们只听得见他们的呼吸。甚至会忘记场景有多凄凉。就连萨尔瓦多·达利都无法从利雪火车站获得灵感。那里一片空荡、冷寂。马库斯注意到一幅介绍"利雪的特蕾萨博物馆"的海报。在走向娜塔莉的途中，他心想："这真奇怪，我一直以为利雪是她的姓……"是的，他真的在想这件事。娜塔莉站在那里，离他很近。带着吻过他的双唇。但她的神情难以捉摸。她的脸与利雪火车站表情一致。

　　他们走向汽车。娜塔莉坐在驾驶座上，而马库斯坐在了副驾驶位置上。娜塔莉发动了车。他们彼此一句话也没讲。他们就像那些第一次约会时不知该说些什么的少男少女。马库斯完全不知道自己身在何方，也不知道自己去向何处。他跟着娜塔莉，这就够了。过了一会儿，他再也受不了这种沉默，打开了汽车收音机，调到怀旧电台。阿兰·苏雄的《爱情飞逃》顿时在车内回响。

　　"这简直不可思议！"娜塔莉说。

　　"什么？"

"这首歌啊。太不可思议了。这是我的歌。一打开……就碰上这首。"

马库斯亲切地看着收音机。这个机器让他得以和娜塔莉重新开始谈话。她继续说这是多么奇怪，多么不可思议，这是个征兆。是什么征兆呢？马库斯不得而知。他很惊讶这首歌对他的同伴有如此大的影响。但他识得生命中的千奇百怪、机缘巧合。那些亲历者的证言会让你怀疑理性是否真的存在。一曲终了，娜塔莉让马库斯关掉收音机。她想要沉浸在这首她一直钟爱的歌曲里。她是在看安托万·杜瓦内尔系列的最后一部电影时听到这首歌的。她出生于那个时代，这也许是一种难以界定的感觉：她觉得自己来自于那一时刻，如同这段旋律结出的果实。她温和的性格，不时的感伤，还有她的轻松自然，这一切都与一九七八这个年份完美贴合。这是她的歌，这是她的人生。她惊讶于这个巧合，心情久久不能平复。

她把车停在路边。黑暗中，马库斯看不见他们到了哪里。他们下了车。他隐约看见了高高的栅栏,那是墓园入口的栅栏。接着,他发现这些栅栏并不只是高大,而是巨大,和监狱里可以看到的一样。死者被判了无期徒刑,但我们很难想象他们会企图越狱。这时,娜塔莉说:

"弗朗索瓦葬在这里。他在这一带度过了童年。"

"……"

"当然,他什么也没和我说。他没想到自己会死……但我知道他想要来这里……靠近他长大的地方。"

"我懂。"马库斯轻声说。

"你知道吗,好笑的是,我也在这里度过了童年。当我遇到弗朗索瓦的时候,我们都觉得这个巧合太匪夷所思了。我们在长大过程中也许数百次擦肩而过,却一直互不相识。最后,我们在巴黎相逢。真是应了那句俗语,有缘千里来……"

娜塔莉停住了。但这句话在马库斯的脑海里继续回荡。她在说谁? 自然说的是弗朗索瓦。也许也在说他? 一句话的双重解读加深了当下的象征意义。这是个百感交集的时刻。他们站在这里,两个人,肩并肩,离弗朗索瓦的墓几步之遥。离没完没了的过去几步之遥。雨水打在娜塔莉的脸上,让人看不清哪些是泪水。但马库斯却能看清。他能读懂泪水。娜塔莉的泪水。他靠近她,将她紧拥在怀里,就像是要将痛苦牢牢包围。

109

马库斯和娜塔莉在车上所听阿兰·苏雄歌曲
《爱情飞逃》第二段

我和你 没能走完这段路

看眼泪 静静流下你的脸

就这样分手 没什么理由

这就是爱情飞逃 爱情飞逃

睡梦中 一个孩子走进花边里

离去归来 出出进进 玩着燕儿的游戏

刚刚安下家 我就出走那二居公寓

管什么科莱特、安托万还是萨宾娜①随便你

我一生追逐的美丽都免不了飞逃

芳香的少女 流泪的花束 朵朵的玫瑰

我母亲在她耳后洒下的一滴什么玩意

也漂浮着相同的味道

110

　　他们重新上路。马库斯很惊讶,道路竟然如此蜿蜒曲折。在瑞典,道路都是笔直的,通向目光所及的目的地。他任由自己被晃得晕头转向,不敢问娜塔莉他们要到哪里去。这真的重要吗?虽

___

　　① 电影《爱情飞逃》中三个主人公的名字。

然说来俗套,但他已经准备好跟随她到天涯海角。起码她自己知道在往哪里开吧?也许她只想在黑夜里疾驰。只管一直开,仿佛想要被世界遗忘。

她终于停了下来。这次是在一排矮小的栅栏前。这就是他们这场游荡的主题吗?栅栏变奏曲。她下车打开栅栏,又重新上车。在马库斯心中,每个动作都显得很重要,都各自独立显现,因为从中可以看出每个人的个体神话的种种细节。汽车沿着一条狭窄的小路行驶,然后停在了一座房子前面。

"我们现在在我的祖母玛德莱娜家。我的祖父去世后她一个人生活在这里。"

"哦。很高兴能够见到她。"马库斯礼貌地回答道。

娜塔莉敲敲门,一次,两次,接着越来越用力。一直没有回应:"她耳朵有点聋。最好绕个一圈。她肯定在客厅,我们可以在窗户外看到她。"

要绕过房子,必须要走一条被雨水淋得泥泞的路。马库斯紧紧抓牢娜塔莉。他几乎什么也看不见。也许她弄错方向了？在屋子和荆棘遍布的叶丛间,简直没有可以穿行的空间。娜塔莉滑了一跤,带得马库斯也摔倒了。现在他们身上沾满泥浆,浑身湿透。比这更荣耀的探险我们见过很多,这么滑稽的还是头一次见。娜塔莉宣布:

"我们最好还是匍匐前进。"

"跟着你还真有趣。"马库斯说。

终于,他们来到了房子的另一侧,看到了坐在壁炉前的瘦小的祖母。她此时什么也没做,就坐在那里,静静等待,几乎忘我。这幅画面让马库斯惊讶不已。娜塔莉敲了敲窗户,这一次,祖母听到了。她立即变得容光焕发,赶忙过来把窗打开。

"哦,宝贝……你在这儿干吗呢？真是个惊喜!"

"我想看看你……还得这么绕个一圈。"

"是的,我知道。真不好意思,你不是第一个这么绕的! 来吧,我给你们开门去。"

"不用了,我们从窗户进来。这样比较好。"

他们跨过窗户,终于来到了屋里。

娜塔莉向祖母介绍了马库斯。祖母用手托腮,然后转身对她的孙女说:"他看起来人很好。"马库斯咧嘴一笑,好像为了证明:没错,这是真的,我人很好。玛德莱娜继续:"我记得,很久以前,我也认识过一个叫作马库斯的。也许叫保卢斯……或者是夏卢斯……反正就是个以'us'音结尾的……但我记不大清了……"

一阵尴尬的沉默。她口中的"我也认识过"意味着什么?娜塔莉微笑着,整个人紧紧贴在祖母身上。看着她们俩,马库斯简直可以想象娜塔莉小女孩时的模样。八十年代就在这里,在他们面前。过了一会儿,他问:

"哪里可以洗手?"

"啊,对。跟我来。"

她拉起马库斯泥斑点点的手,踏着轻快的步伐,领他到了浴室。

是的,这就是马库斯心中她小女孩时的样子。她如此奔跑的方式。那是提前享用人生的每个下一分钟的方式。带着某种恣意纵情的感觉。现在,他们站在两个并排的盥洗盆前。两人一边洗着,一边近乎傻气地彼此微笑。他们揉出泡沫,好多泡沫,但这些并不是怀旧的泡沫。马库斯想:这是我一生中最美好的一次洗手经历。

他们必须换身衣服。对娜塔莉来说,这是件很简单的事。她的房间里就有她的衣物。玛德莱娜问马库斯:

"你带了换洗的衣物吗?"

"没有。我们两手空空就出发了。"

"心血来潮?"

"对,心血来潮。就是这样。"

娜塔莉发现他们俩都为用了"心血来潮"这个词而感到开心,似乎因为想到这是事先毫无准备的一次行动而兴奋不已。祖母提议,让马库斯去她丈夫的衣柜里翻翻看。她领他到走廊尽头,留他独自挑选想穿的衣服。过了几分钟,马库斯穿着一套半米色、半不知名颜色的服装出现,衬衫的领子过大,让人觉得他的脖子就快要被淹没了。这套奇装异服并没有妨碍马库斯的好心情。他似乎很高兴穿成这样,甚至在想:我在衣服里飘荡,但我感觉很舒服。娜塔莉爆发出一阵狂笑,笑出了眼泪。痛苦的泪水刚刚干去,现在流下的是快乐的眼泪。玛德莱娜向他走去,但感觉上,她走向的是那套衣服,而不是人。每个皱褶后面都隐藏着一段生命的回忆。她惊愕不已地在客人身边停留了一会儿,一动也不动。

111

也许因为经历过战争,祖母们总是备有必要吃食,用来招待在大半夜带着个瑞典男人到来的孙女们。

"你们还没吃饭吧。我煮了汤。"

"啊,是吗?什么汤?"马库斯问。

"这是星期五之汤。我没法和你解释。今天是星期五,所以这就是星期五之汤。"

"那就是不打领带的汤喽。"马库斯总结道。

娜塔莉靠近他：

"奶奶，有时候他净说些奇奇怪怪的话。别担心。"

"我啊，你知道，我从一九四五年起就没担心过什么了。没事的。来，我们上桌吧。"

玛德莱娜精神饱满。她准备晚餐时的充沛精力和刚才第一眼见到的壁炉前的老太太形象大相径庭。娜塔莉和马库斯的来访让她十分有兴致地忙里忙外。她在厨房忙碌着，不想要别人来帮忙。老太太如此兴奋，让娜塔莉和马库斯十分感动。此刻，一切都显得那么遥远：巴黎、公司、业务。时光好像也不见了踪影：下午一开始时在办公室的画面成了黑白的回忆。只有"星期五之汤"的名字让他们同现实勉强挂上钩。

大家吃着晚餐。沉默不语。在祖父母家，见到孙子孙女的巨大幸福并不一定会引来长篇大论。大家互相问好，然后很快就沉浸在团聚的简单快乐里了。吃完晚餐，娜塔莉帮祖母洗碗。她心想：自己怎么能忘了在这里有多温馨？这样一想，好像她近来的幸福已经注定要被马上遗忘。但她知道，现在的她有力量将此刻的幸福铭记在心。

客厅里，马库斯抽着雪茄。其实他连香烟都受不了，但他想让玛德莱娜开心。"她喜欢男人在饭后抽雪茄。不要费心弄懂为什么。让她开心就是了，"玛德莱娜邀请马库斯来一根的时候，娜塔莉这样对他低声耳语。于是他表示非常想要抽根雪茄，拙劣地假装自己热情高涨，不过玛德莱娜只看到他的热情。就这样，马库斯在一所诺曼底房子里当起了男主人。他对一件事感到惊讶：他并不头痛。更糟的是，他开始欣赏起雪茄的味道。男子汉气概在他身上显现出来，带着几分自然而然。他体会到了一种矛盾的感觉：在喷云吐雾之间，他像是牢牢地把握着人生。这根雪茄在手，他成了"了不起的马库斯"。

玛德莱娜很高兴见到孙女的微笑。弗朗索瓦去世时，玛德莱娜以泪洗面：她没有一天不想着这事。玛德莱娜在一生中遇到过许多悲剧，但这一次最为惨烈。她知道必须要向前看，人生的意义就在于继续活下去。而眼前的这一刻让她大为释怀。带着这样的心思，她对这个瑞典男人抱有本能的真切好感。

"他人品好。"

"啊，是吗，你从哪里看出来的？"

"我感觉到的。凭直觉。他人品很好。"

娜塔莉又吻了祖母一下。该睡觉了。马库斯一边把雪茄掐灭，一边对玛德莱娜说："睡眠入梦，梦想明日之汤。"

玛德莱娜睡楼下，因为爬楼梯对她来说已经成了件苦差事。其他房间都在楼上。娜塔莉看着马库斯说："这样她就不会打扰我们了。"这句话可以有两种解读，或者是性暗示，或者只是单纯的务实信息：明天早上可以睡个安稳觉。马库斯不愿多想。他会不会和她睡？他当然想了，但他明白自己此刻应该做的是什么都不想地跟着她上楼。一到楼上，空间的狭窄又一次给予他冲击。在汽车开过的窄路、绕过屋子的小径之后,这是他今天第三次感到身处狭窄之地。这条奇怪的走廊上有几扇门,每扇门后有一个房间。娜塔莉来回徘徊,一言不发。这层楼没电了,她点亮了小桌子上的两根蜡烛。她的面容被映得橘红,但比较像是日出的颜色,而不是日落。她同样也在犹豫,她真的很犹豫。她知道该下决心的是自己。她双眼直视着烛火,然后打开了一扇门。

112

夏尔关上了门。他精神恍惚,简直快要掉了魂儿,觉得自己已经远离了躯壳。白天遭到的耳光和拳头让他脸上痛到现在。他知道自己很卑鄙,并且,要是瑞典的高层知道他为了一己之私调动职员,后果会相当严重。不过这件事不大可能被他们知道。他深信大家不会再看到这两人了。他们的出走带有一去不回的意味。自然是这一点让他最为受伤。再也见不到娜塔莉了。一切都是他的错。他的举动那样荒唐,如今真是追悔莫及。他只希望再见到她一秒钟,试着得到她的原谅,试着摆脱可悲的处境。他希望能够最终找到自己那样苦苦求索的词句。让自己活在一个娜塔莉可能爱上他的世界,一个感情失忆的世界,在那里,他还能与她初识。

现在,他走进客厅。映入眼帘的还是永不更换的画面:他的妻子坐在沙发上。这个夜晚的场景就像是只收藏着一幅画的博物馆。

"还好吗?"他轻声问。

"挺好的。你呢?"

"你不担心吗?"

"担心什么?"

"担心昨天晚上啊。"

"没有啊……昨天晚上发生什么了?"

洛朗丝几乎没有转过头来。夏尔在对妻子的脖子说话。他刚刚才明白,她甚至没有注意到他昨天晚上不在。他明白了,自己在不在都一样。这太过分了。他想要打她:平衡一下白天挨的打。

起码把遭受的耳光回敬给她,但他的手在半空停了一刻。他开始打量她。他的手孤零零地停在空中。他突然明白自己再也不能缺情少爱,生活在一个干涸的世界里让他感到窒息。从来没有人将他拥入怀里,从来没有人对他有过任何爱的表示。为什么会这样?他已经忘记了甜蜜的滋味。他被爱的微妙放逐了。

他的手缓缓地落下,放在了妻子的头发上。他感到很激动,非常激动,却不知道这股情绪从何而来。他想,他的妻子有一头美丽的秀发。大概是因为这个。他的手向下移,抚摸着她的颈背。在她皮肤的有些地方,他能感觉到自己以前亲吻过的痕迹。那是他热情的回忆。他想要从妻子的颈背开始,重新征服她的身体。他绕过沙发,站在她面前。他跪了下去,尝试吻她。

"你在干什么?"她用含糊的声音问他。

"我想要你。"

"现在?"

"对,现在。"

"你让我措手不及。"

"要不然呢？还要先跟你约好才能吻你吗？"

"不是……你真傻。"

"你知道还有什么好事吗?"

"什么好事?"

"我们去威尼斯。是的,我来安排……我们找个周末去……两个人去……会很棒的……"

"……你知道我晕船。"

"那又怎样？这不要紧……我们坐飞机去威尼斯。"

"我是说贡多拉。如果不能坐贡多拉,那多可惜。你不觉得吗?"

113

另一个波兰哲学家的思想

只有蜡烛知晓弥留的秘密。

114

　　娜塔莉走进她惯常就寝的房间。她照着烛光走着,但其实这个房间的角角落落她都清楚,完全可以在黑暗里前行。她领着马库斯。马库斯跟在后面,搂着她的腰。这是他人生中最光明的一次黑暗。他担心,幸福在变得如此强烈时,会带走他的所有能力。兴奋过度而无法动弹的事例并不罕见。不能想这些了,任凭每一秒钟带着他走吧。每个呼吸都像一个世界。娜塔莉把蜡烛放在床头,在撩动人心的重重烛影中,他们相对而视。

　　她把头靠在他的肩上,他抚摸着她的头发。他们本可以就这样站着。他们经历的是一个站着做梦般难以置信的故事。但房间里很冷,是长期空置的冷,这里后来一直没有人住过。就像是一块要收复的土地,要在回忆上叠加新的回忆。他们躺进被子里。马库斯继续不知疲倦地抚摸着娜塔莉的头发。他是那样喜爱她的头发,他想一根一根地认识它们,了解它们的故事和它们的想法。他想要在她的头发里旅行。这个男人体贴谨慎，留意着如何不唐突行事，这让娜塔莉感觉很受用。不过，他壮起了胆子。他开始解开她的衣服，心跳是从未有过的激烈。

　　她现在一丝不挂，紧贴着马库斯。马库斯的情绪那样激动，以至于他的动作慢了下来。进展缓慢得像是在倒退。一阵无边的忧惧袭来，他顿时变得有些慌乱无章。娜塔莉喜爱他这样笨手笨脚，犹豫不前。她明白，自己最想要的，便是通过一个并非情场老手的男人来重新走近男人，和他一起重新学习温存的使用说明。想到和他在一起，娜塔莉就感到安宁。这想法也许有些自负或者肤浅，但在她看来，跟她在一起，这个男人会一直很快乐。她觉得他们这一对会无比稳定，觉得什么都不会发生，觉得他们组成的物理方程式可以化解死亡。她零零散散地想到这一切，并没有十分确定。她只知道时候到了，而且在这种情况里，总是身体来决定一切。马库斯现在趴在她身上。她紧紧地抱着他。

　　泪水沿着她的太阳穴滑落。马库斯吻着她的泪。

马库斯的吻还引来了别的眼泪,这次是他自己的泪。

115

娜塔莉在本书开头所读的胡里奥·科塔萨尔小
说《跳房子》第七章开篇

我触摸着你的双唇,我用一根手指触摸着你双唇的边际,我描摹着你的唇形,仿佛你的嘴在我的手中诞生,第一次开始翕动。我只要一闭上眼睛,就能打乱这一切重新开始,我每次赋予生命的都是我所向往的、我的手选择并在你的脸上勾勒的双唇,那是千万之中的选择,是我用手在你脸上描摹的完全自主的选择。出于我并不费心去理解的偶然的原因,我手上描摹的双唇与我手下正在微笑着的你的双唇完全吻合,不差分毫。

116

清晨已至,仿佛夜晚从未降临。娜塔莉和马库斯醒醒睡睡,混淆了梦境和现实之间的边界。

"我想和你一起去花园里。"娜塔莉说。

"现在?"

"对,你等下就明白了。小时候,我总是在早晨去那里。黎明时,那儿有种奇特的气氛。"

他们迅速起床,缓慢穿衣①。在寒光里注视着彼此,认识着彼此。一切那样简单。他们走下楼梯,不发出一点声音,生怕吵醒玛德莱娜。这种谨慎是徒劳的,因为玛德莱娜在有客人的时候几乎不睡觉。但她不会去打扰他们。她知道娜塔莉喜爱清晨时花园的宁静(每个人都有自己的仪式)。一直以来,她每次来这里,都是一睁眼就要去长椅上坐坐。他们来到屋子外面。娜塔莉停住脚,留

①也许情况相反。——原注

心观察每一个细节。生活可以向前迈进,生活可以将人洗劫一空,但在这里,什么都没有改变:一方恒常不变的土地。

他们坐了下来。为彼此真切的接近感到惊奇,体验着新生的肌肤之亲。这光景就像童话里的那些神奇的情节,那些臻于完美的时刻。这样的时光我们在经历的当下就想铭刻到记忆里,留待未来怀念。"我感觉很好。"娜塔莉轻声说,马库斯由衷感到高兴。娜塔莉起身。马库斯注视着她在花朵和树木前行走。她漫步徘徊,沉湎在甜美的梦幻中,触摸着双手可及之处。在这里,她和自然紧密相连,融为一体。接着她停下脚步,靠在一棵树上。

"小时候我和表兄妹们玩捉迷藏的时候,找人的那个孩子要靠着这棵树数数。要数很久,数到一百一十七。"

"为什么是一百一十七?"

"我不知道! 我们那时候决定数到这个数,就是这样。"

"你想现在和我玩一次吗?"马库斯提议。

娜塔莉对他笑了一笑。她很高兴马库斯能提议玩捉迷藏。她靠着树,闭上眼睛,开始数数。马库斯开始寻找一个理想的藏身之处。这个雄心壮志是徒劳的:这是娜塔莉的地盘。她理应知道最好的藏身处。马库斯一边找,一边想着娜塔莉曾经也许藏身过的所有角落。他穿越娜塔莉的成长岁月。七岁时,她应该藏在这棵树后。十二岁时,她一定躲在这片灌木丛里。青春期里,她抛弃了孩提时的把戏,躲到了荆棘里赌气。之后的一个夏天,她长成了青春少女,坐在这把长椅上,春心萌动,诗意满怀。她作为少妇的岁月也在许多地方留下了印迹,也许,她甚至在花丛后云雨过?弗朗索瓦在她身后追逐,想要扯下她的睡衣,但小心翼翼地避免发出太多声响,怕吵醒她的祖父母,他们肆意又安静的奔跑足迹遍布花园。接着,他逮住了她。她装模作样地挣扎几下。她转过头,期盼着他的吻。他们翻滚在地上。接着,只剩她一个人了。他去了哪里?他藏了起来吗?他不再出现在这里了。他永远都不会在了。这个地方不再长草。怒不可遏的娜塔莉把它们全拔掉了。她跪伏在那里待了好几个小时,祖母怎么劝她回去都没有用。马库斯走到这个地方,双脚踩到娜塔莉的痛苦所在,迈过了爱情的泪水。他继续寻找着藏身之处,也迈过了娜塔莉将来会去的所有地方。一边四处迈过,一边想象着她年老的模样,不禁心动感怀。

就这样,在娜塔莉的身影无所不在的家园,马库斯找到了一个藏身的地方。他尽量把身体蜷缩到最小。奇妙的是,正是在这一天,他感觉到自己前所未有的高大,感觉到体内充盈的生命力正在苏醒迸发。一藏好,他就笑了。他幸福地等待着她,幸福地等待着她来找到自己。

117

娜塔莉睁开了眼睛。

终

DAVID FOENKINOS
La Délicatesse

图字：09 - 2012 - 700 号

图书在版编目(CIP)数据

微妙 / (法) 大卫·冯金诺斯著；王东亮,吕如羽
译.—上海：上海译文出版社,2021.10
(大卫·冯金诺斯作品系列)
ISBN 978 - 7 - 5327 - 8810 - 1

Ⅰ.①微… Ⅱ.①大… ②王… ③吕… Ⅲ.①中篇小
说-法国-现代 Ⅳ.①I565.45

中国版本图书馆 CIP 数据核字(2021)第 160878 号

微妙	DAVID FOENKINOS	出版统筹 赵武平
La Délicatesse	大卫·冯金诺斯 著	责任编辑 李月敏 张 鑫
	王东亮 吕如羽 译	装帧设计 尚燕平

上海译文出版社有限公司出版、发行
网址：www.yiwen.com.cn
200001 上海福建中路 193 号
苏州市越洋印刷有限公司印刷

开本 890×1240 1/32 印张 8 插页 5 字数 79,000
2021 年 10 月第 1 版 2021 年 10 月第 1 次印刷

ISBN 978 - 7 - 5327 - 8810 - 1/I·5442
定价：62.00 元